另一種感覺
Yet another feeling

自序 —— 不寫作的歲月

近年來其實寫的很少，「另一種感覺」有六萬多字是歷經好幾年才寫成的作品。其他都是後來為增添篇幅，在兩、三個月裡面努力添寫的文章。

幾年前，忽覺自己被文字工作佔據得太厲害了。如果不寫東西，丟了這枝筆，竟然十分的「恐懼」。或許每個人在生命中都在攀附著一些東西，一旦失去了這些事物，必定感到惶惶不可終日。雖然我不抽菸也不吸毒，卻有一種「陷溺」(addicted to) 在文字中的感想。本書的「留白」一文中，透露了一點這種心情。近年來，我的寫作留白，可說是愈留愈白。因此，幾年來的作品，收集來收集去，就得這麼幾篇。

曾經讀到一篇文章，有人請問一位修道的人，修練的生活中獲得了什麼。修道的人回答：「不是獲得了什麼，而是失去了什麼。」留白的生活，也是一種放下。把一種寫作的名利心暫時放下。以前聽見他人描述一些有意思的經歷，一些美妙的境域，總是忍不住叫他寫下來。這種心情，隨著自己的留白心情慢慢的消逝了。個人經歷一些感受或是境界，都不急著去寫去留，遑論教他人這麼做了。

或許，留白也是一種證明，即使是不當作家，不再寫作，不依靠著文字，也是可以活下去的。

不寫作的歲月，喜愛種花。院落中，充滿紫、粉、紅、黃的大理花，還有金盞花、秋海棠、九重葛、玫瑰……。隨著季節，白日開放絢麗的黃紅曇花，午夜盛放雪白如仙的白曇花。每當疲勞，走到花園裡，思慮也少了。不論任何時候，只要到院落中挖挖土、種種花、澆澆草，埋身在那片綠意中，自然就融入安寧的律動。種花、看樹、望天，就這麼簡單的坐在那裡，有時連書也不看了。留白的生活，接近大自然的生活，使我感想人有時不必一定要「做」些什麼。

曾經寫過一篇文章「魚就這樣過了一生」，描寫家中魚缸的一群魚的生活，從魚缸寫到宇宙人生，爲魚思、爲魚感。近來看見游魚，只覺得金黃橙紅展翅飛翔的魚群美如神仙，原來這就是「神仙魚蝴蝶蘭」的出處。看著魚缸中來去自如的魚兒，色彩斑爛的大頭顱，鼓張著小魚嘴，活潑又可愛。此時此刻，就是一種歡喜。

生命經驗增加後，感想「說」與「寫」是容易，如同小學生寫作文，成大功、立大志。一旦與生活中的波折「面對面」，經常是什麼都執著，什麼都放不下。看見自己昔日所寫立意高遠的文章，眞有點開了「空頭支票」的難爲情。許多不說不寫的人，其實知道體會的不比又說又講的人差。記得美國作家亨利・米勒住在大瑟（Big Sur）說過，他的鄰居中許多人都是作家，只是有些人發表了，有些人沒有發表。

一日找出過去翻譯的一本書，當年譯完因出版者沒有談好版權而未出版。翻看一下，發覺許多地方充滿譯筆的痕跡，許多字句都不順暢。幸好沒有出版。留白的階段，使自己獲得了空間，也是一種比較清明的眼光，看見許多過去沒有發現的問題。

一些深心處的感受，也有一種難以言宣的心情。對於摯愛的人們，那份愛深藏心中。愛不是一種去說去講的東西，它與生命是一體，不是身外的語言或文字。當我們摯愛一個人或一件事，最終是無言。這份愛，或許只是一個深深的眼神，或是默默的身體語言吧。

回顧自己昔日所寫的文字，所思所感，曾經走過的足跡，還是感謝自己當時動筆將它存留了下來。許多事情，時過境遷，眞是春夢了無痕。如果不把握住稍縱即逝的心情，也就煙消霧散了。

留白的經歷，也是一種過程吧。從緊到鬆，重新調整，再做出發，慢慢尋找另一個生命的平衡點。

目錄

自序——不寫作的歲月 …… 5

悲智雙運話父母 …… 13

母親素描 …… 17

母親的心 …… 21

感恩 …… 25

塵封的信箋 …… 29

懷念石校長 …… 33

懷友篇 …… 37

情為何物 …… 43

只是一種感覺 …… 47

捕捉浪漫 …… 53

音樂磁場 …… 65
意象 …… 69
孤獨 …… 73
看戲 …… 77
曼達拉美術拼貼、面具 …… 81
最美與最醜 …… 85
風雨的季節 …… 89
雨水 …… 93
步行 …… 97
隱居 …… 103
仙與俗 …… 107
留白 …… 113

自然之美……117
老……121
臭鼬鼠……125
怕……129
眾生平等……133
一朵花一世界……137
不再逃亡……141
動靜之間……145
窮人與富人……149
說與不說……151
定型與突破……153
覺性……157

識大體 …… 161
清明時分 …… 163
和平的鴿子 …… 167
愛蟻常留飯 …… 173
塵心未盡俗緣在 …… 179
另一種修道 …… 189
出家 …… 193
無心插柳 …… 201
只緣身在此山中 …… 209
後記——逼 …… 215
側記 …… 217

悲智雙運話父母

『父母 VS. 子女』

每個人都有一父一母，在這個億萬生靈的世界上，唯獨得到這一對父母為我們的父母，思想起來，實在不能不覺得奧妙。

年事愈長，愈覺得要了解自己，必須回溯到父母與祖先，從他們的思想言行觀念，可以幫助理清對自己的明瞭。

佛教密宗有所謂的「歡喜佛」，一佛父一佛母兩相和合的圖面，其一代表慈悲，其一代表智慧。如果每個人都可以從父母身上，找尋到這些特質。相信在慈悲中必定又隱含著智慧，智慧中又蘊藏著慈悲。

從外貌看來，大部份人似乎都認為我像父親多，像母親少。

每當有人說我長得與父親相像，父親那張寬大的臉龐就不由得露出愉快的笑容，一邊逗著我說道：「我那裡像你這樣難看啊。」有時候，我的內心裡不由得納悶，自己的外貌如果與父親有幾分相似，我們的性情方向卻眞是迥異。譬如：父親從事了新聞工作一輩子，天下大事，歷史古今，今人前人，無不通曉。而我卻經常連世界大事都是最後知道。糊塗記者當了二年半，父親雖然寄以盼望，懷抱著「一將功成萬骨枯」的犧牲精神來忍受我當了記者後所加諸家庭裡的不便，可惜一旦我離家出國，十幾年下來，略一回顧，我的生活路線與父親的生存型態已似是愈行愈遠。

父親極愛應酬，愛朋友，一年三百六十五個晚上，他大約三百個晚上在宴客或客宴。我一年卻至少有三百五十個晚上都在家裡蹲著，過著幾乎足不出戶的隱士生活。父親嚐盡了天下珍餚與香醇美酒，我卻經常到廟裡禁食閉關吃齋打坐，白蘭地與威士忌都分不清楚，誰若冤枉請我吃下了燕窩也不知道。父親極重視年節與生日，凡親朋友好的生日忌日，無不一一牢記於心，不忘表意，任何人如果忘記了他老人家的誕辰。他眞會認眞的生氣。我則從不作興過節，連自己的生日也可不過，在我的想法裡。如果沒有人類發明的日曆，一生中的一個日子與另一個日子之間，又眞有什麼同或是不同？

父親常愛開人的玩笑，「活佛」由他的口裡說出，彷彿是有人在對他吹牛，母親愛聽的「心經」演唱曲，他聽了就評爲抗戰時代的「青年軍進行曲」。到了寺廟裡面，他拄著拐杖，老頑童似的對著佛祖以手觸額，行軍人禮。碰到我和母親兩人爲一點事情大聲小聲爭執不下時，他就在旁邊觀望，搖著頭，笑說道：「看你們這些學佛的人啊……。」

母親和我在形表上如果不甚相似，我相信在性情上自己得自她許多。我們都不愛社交，愛爬格子，個性又都很神經質，她很害怕生病，而我隨著年歲愈來愈愛胡思亂想有沒有得怪病。而在佛教裡的因緣，經常感應到那種隔世的傳承。幼年在家看佛書，讀祖父的示子家書，得到心靈安撫的寧靜感受。長大後，我愈益喜愛追尋眞理，而母親年來打坐的時間也愈益增長。母親對親人有一份始終不移的癡情，她鉅細無遺的照顧著外婆，沒有讓老人家嚐受到任何一絲可能的人爲疏忽。外婆終於因自然的衰竭，無疾而終。母親經常說，如果外婆是因爲她的任何一點不周而早逝，她將不能原諒自己。

父親的愛不僅屬於我們這些家人親友，他還有許多關愛的對象，如公司的同仁屬下、現在或已故友好的子女、各行各業各界的朋友等。從父親身邊的二三事，可以看出他的性情。去年是父親的老長官蕭同茲先生一百週年冥誕，父親花了長時間籌劃紀念會，分發蕭同茲獎學金。照顧我們稱呼的「蕭公公」的後代。蕭公公故去已經幾十年。而每年不論陰晴寒暑，父親必定飲水思源，躬親掃墓，向來不曾遺忘。父親常說：「一個人如果要做官。必先要學會做人。」父親所用的秘書及司機先生，也都是幾十年以上的歷史。謝秘書我們全家都稱呼謝伯伯。他看著我們長大，與家人無異。他一輩子跟隨著父親，家中大小公私事務悉皆交托。陳司機跟隨父親也幾十年了，父親有時喝酒醉，都由陳司機抱他回家給他脫鞋襪換衣褲。有時候。我們玩笑說道：「陳司機可以當爸爸的兒子了。」父親平日照顧屬下的心意，可見一般。追本溯源，父親和母親的生活形態如此差異，無怪乎我感覺自己的生活與父親有南北之隔。然而，雖然父親和我的生活形態表面上如此不同，在心底裡，其實並不覺得父親與我佛相距甚遠。父親處世的哲學，使我想起「人成即佛成」這一句話。許多時候，我們無法使人相信一些我們所追尋的理想，並不是理想出了問題，而是我們自己沒有從最基本的做人方面圓滿。我相信願擴大生命，透過修道達到「四海一家，無緣大慈，同體大悲」的理想，除了遺傳自母親的智慧與祖先們追求眞理的遺傳，還有一部份也源自於父親樸質仁愛的心地與廣大開闊的胸襟。

母親素描

許多人沒見過母親（作家華嚴女士）本人，從她的照片或畫相，尤其是畫家席德進多年前爲她繪製的一幅肖像看來，都以爲她的身材修長。其實，母親的個子嬌小。雖然她看來嬌小，氣派卻很大，自然而然處於領導的地位。她走起路，說起話，辦起事，充滿了定見與決心，我們部戲稱母親是一只「小鋼炮」。

這麼些年來，不論在海內或海外，每當自己被人介紹，「華嚴的女兒」這幾個字，永遠跟隨著我。每一位與我談起母親的人，至少都讀過她一本著作，或是讀過她的每一本著作。

母親曾經告訴我，如果把全世界的財富送給她，用來交換這一枝寫作的筆，她都不願意。滄海桑田，日出日落，母親把握住自己的這一枝筆，數十年如一日。

離開家鄉後，對母親的這份感受，愈益凝聚。回想自己這一生中所受諸於母親的，從心底感念她賜予的精神財產。母親出生於佛教的家庭，外公對佛理有精闢的見解，外婆也虔信佛教。母親的小說中，一個佛字不曾提過，一點大道理也不說，但是讀完她的作品，油然而生的喜悅與感動，永遠能夠提升心靈。

母親天生能夠以雙盤蓮花座姿態打坐，近年，常看見她在床上靜坐，有時並傾聽心經與大悲咒。但是，母親一向不拜廟，也沒有上師，她的心底對人生自有一份了悟，她對生命中的遭遇，能夠以圓融的態度來面對。

母親在高中大學時代經常演戲唱歌。我們年幼時住在信義路臺北東門車站後的日式房宅，家中經常傳出歌聲。有一段時間，母親因打針藥嗓音被破壞，許久不能唱歌。近年，她又開使唱歌，前陣子臺視演了一齣母親原著改編的電視劇「花落花開」，沒有學過聲樂的母親，在劇中清唱了一首民謠「燕子」，婉轉感人的歌聲，如同出谷黃鶯，人人聽了都驚歎她嗓音的年輕甜美。

母親不但天生具有演戲歌唱的才華，並且擅長演講。她設計的服裝與飾物，顯現出令人驚歎的風格。近年，她親身參與電視編劇，把小說改編到螢光幕上，許多不看電視劇的人都看得入迷，並收到大箱熱情讀者的書信。母親的生活規律，不愛出門，但是，她對各種新發明都有興趣，家裏放了十幾二十臺錄影機，全家只有她一人知道來龍去脈。前陣子，她甚至動念上網路用 E-MAIL 呢！

母親在大學讀過化學，因經常必須夜裏做實驗，怕外婆不放心而轉系。母親極愛外婆，外婆在世時，她與醫生護士合作無間，把老人家照料得無微不至，外婆安享了天年，母親總算無憾。最後，醫生都同意精通醫藥病理的母親也可以做醫生了。

母親眞可說是一位全才。這樣一位人物，卻對最輕鬆平常的量血壓非常神經緊張，每回量血壓，她的血壓都高得嚇人，最後，她決定再也不量血壓了。母親寫過一篇散文「我的神經病」，坦述自己各種神經質的小毛病，可見母親就是這麼率直眞誠的一個人。

母親的心

那片橢圓形墨綠色的厚玉，是結婚那年外婆給我的。

高齡九十五的外婆有十五名內外孫，十五名內外曾孫。十五名內外孫，除去一位早逝的表妹，一位表姊已沒有婚姻關係，其他十三名內外孫，目前全都各有歸宿。我仍然記得，每一位孫輩的婚禮前夕，外婆都要從她老人家的寶箱中掏掏找找，摸出一點古物，當成送給孫女或孫媳婦的祝福禮。

外婆是板橋林家的女兒，當年陪嫁到大陸的物件，自然十分可觀。外婆從大陸逃難台灣，晚一步出來的母親，爲外婆攜帶了一包袱的首飾古物，如果母親少做了這件事，外婆的陪嫁全部流失，我們這些孫輩也得不到一丁點兒的傳家寶貝了。

從小到大，我們都模糊知道，外婆有這麼一隻寶箱，至於裡面究竟有些什麼東西，沒有人眞正知道，也沒有人斗膽妄想把它打開來大開眼界，至於寶箱被放在什麼地方，更是連想都不願意去想。它，代表著一件十分神秘的事情，更代表了中國人傳統的一種精神。

雖然，兒輩有時會向外婆討一點古物歡喜一番，孫輩也在婚嫁大事時受賜一點寶貝，可是，這個寶箱大權，無庸置疑的是放在老人家的手中，它，彷彿成爲一份道統，被每一個子孫所尊重。

外婆給我的玉，最初是一個戒面，沒有任何珠飾的點綴，結婚喜宴的時候，一直戴在手上，彷彿是護身符，又攜帶了祖先的愛意。

母親也愛惜祖傳玉石，幾次，她看了又看這片玉，在手中撫摩一番，沈吟著，「這片玉，夠大了，可是稍嫌墨黑，不夠翠綠，當成戒面，又太大了……。」

一年，母親來美國看我們。一天晚上，她梳洗完畢，穿上睡袍，洗過了面孔，臉上抹過面霜，和我們一起坐在沙發上，她似乎把久久計畫於心中的事情開始吐露，母親說，她要把我的這片玉帶回台灣，做成一個項鍊，她說，要請最好的珠寶店，設計一個新穎的款式。

自從結婚之後，這個戒面就被我收藏起來，很少再去想它。母親的提及，似乎帶來一個新鮮話題，我還沒有表示意見，外子已在一旁附議，表示願意出資相助，因爲，他一直也覺得這片玉當成戒面是可惜了。

母親帶著玉回台灣了。日復一日，當我思及將有一串美麗的玉項鍊時，不由得有點興奮起來。我寫信告訴母親：「想到下次回家，可以有一串新項鍊，我覺得人生似乎多了一件可以盼望的事情……。」

我回家了，母親帶著我到了她的書房，把完成的玉項鍊盒打開給我看，只見閃閃的 K 金粗環鍊的正中央，躺著那枚改頭換面的玉，它的周遭圍繞了一圈黑石，然後再圍繞了一整圈的碎鑽，閃閃生亮，華麗大方。

母親又打開了另一隻盒子，裡面躺著一對菱形的玉耳環，每一個菱尖都有一點圓形的翠玉，黑石條繞著四周，中央又有一片菱形的翠玉，這是母親又費心思找出來的古玉，替我做了一整套的首飾，只因爲我不經意間告訴她：「人生多了一件可以盼望的事情。」

看見我的歡喜，母親又默默的替我計畫著其他的首飾。一天，她拿出一片翠綠的方玉，大小合適做一個戒面，這片玉，比外婆給我的玉小一些，但是綠意盎然。她又爲女兒媳婦們經營其他玉飾，找得了一個玉墜子，看來像一顆長眼淚，圓鼓鼓的，晶瑩翠綠，在手中把玩，不忍釋手。母親說：「這是古代女人插在頭上的玉簪子，現在我們把它拿來做項鍊墜子了。」

母親對古物的心意，潛藏著大戶人家遺傳下來的風範，她對祖先遺產十分珍重，她說：「這些玉，只有大家庭才有，而且，玉是至今唯一不能被假冒的東西。」

母親又悄悄的囑咐著我，不要讓外婆看見這些玉飾哦。因爲老人家的家訓是，不要讓小孩子拿這些東西去玩耍，母親都是在她的子女成人後才稍微得到一點外婆的傳家寶。母親說，如果外婆知道母親已經給了我們，老人家會傷心呀，她會以爲母親不珍惜這些東西。

幾番的出國返國，皮包中總不離身母親給我的玉件。只有母親給我的玉飾，使我覺得大方、得體又充滿了溫暖。事實上，首飾都是身外之物，如果不是爲了社交場合的需要，我只是把它們珍藏。

回想著母親年輕的時代，出客時向來是一件首飾也沒有佩戴。而我年事尚輕，已經享受了代代相傳的這些寶物，它代表的豈是金錢或奢華呢，我只感懷著一代接一代的愛心，就似那源源不絕的暖水，絲絲縷縷的流注到我的心底裡，使我明白「有媽的孩子像個寶」。

感恩

人在一生中經常得到許多人的幫助，同時，也不知不覺的幫助過他人。回想起來，這些幫助對一生的影響很大。人生中有許多轉捩點，如果走錯了一步，或是失去了機會，生命就不知會有什麼結果了。

年事漸長，回顧前塵往事，想自己這一生，曾有幾個重要的轉捩點，都幸運得到身邊親人母姊的照顧。隨著時日的推移，只是愈加的感念。

尤記得高中畢業參加大學聯考的那年，一向對死記歷史沒有興趣的我，必須辛苦的強背歷史，隨著考期的逼近，愈背愈沒有信心。在精神壓力下，一日不禁失聲痛哭。歷史系高材生的姊姊看見我的慘狀，趕忙相助。她耐心的陪我念書，爲我複習考題，有些近代史的題目，我背得半信半疑，不太相信她指點的這些會是重點。聯考的那幾天，姊姊全程相伴，從考場一出來，就看見人群中姊姊那對安定鼓舞的眼神。

那年的歷史考題難倒了許多人，一些平日功課比我好的同學都因歷史成績不及格而進入文化學院或銘傳商專(當年仍未改名)。而我幸運考進國立政治大學，因爲姊姊爲我抓到了一些考題，我的歷史得到七十幾分。姊姊是個冰雪聰明的人，她竟然能預測考題，簡直是歷史先知。而我當年沒有好好用心聽她說，否則可以得到更高的分數。進入了國立大學對我的心理與心性都是非常重要的事情，影響了我的後半生。這些年來，姊姊與我各自成家，沒有機會常在一起，但是想起當年姊姊適時的幫助，永遠也不能忘記。

母親對我的幫助太多，其中一件是我特別感激的，就是她爲我選擇了婚姻的對象。大學時代，曾與一些男孩交往，畢業後做事，接觸三教九流。每次交往一位男友，母親必定嚴格審查。當時我年紀小，交往的朋友常流於表面。在母親敏銳的眼光下，找不到任何一位合格的男士。當她出國探望當年留學的姊姊，發現了當時正在念書的外子。母親看見他，教他與我交友。母親說，如果是這一位對我表示好感，她就沒有意見了。當年的我初看見外子，看他是既不高大也不英俊。但是，我直覺的很信任他。母親說，如果是擔心他的個子不夠高，這是一點也不重要的問題。

經過這麼多年的婚姻生活，終於完全瞭解母親的眼光。個子是否高大與婚姻是否幸福，的確沒有什麼關係。如今自己年長了，更加瞭解老人家的閱歷的確比我們深刻。記得婚後曾做怪夢，夢見自己嫁給了昔日認識的其他男孩，醒來感到虛驚一場，幸好嫁的是身邊這個人。婚姻的歲月如此漫長，走錯一步路，已是百年身。一次女友提起她有一位朋友嫁給一個以前我交往過的男孩，婚後十分痛苦。我告訴女友，這位男士以前被母親投過反對票，女友自己也經歷過一次失敗的婚姻，她的眼中流露出欣羨的神色，說我很幸運有個好媽媽。

婚後出國後的歲月，許多地方都是依靠著婆婆對我們的幫助。

婆婆於一九九九年逝世了。她逝世的前幾年，容顏看來愈益慈祥。她常使我想起了外婆。或許，不及外婆年長的她已有一種如外婆的形貌，顯示出她的身體已經加速的老化衰竭。另一方面，她內心的愛形諸於外，使人感覺如同慈祥的親長。

有時對於非親屬的人會產生親人似的感覺，因爲這些人的內心已經達到一種關愛他人如自己親屬般的無分別狀態。當我們與他在一起，自然產生一種沒有距離的、信任的、歡喜的感覺。身爲媳婦，從不曾感覺婆婆視我爲外人，內心清楚知道她是平等的。

婆婆逝世後，我們才發現她擁有的並不算多，只是她很能給予，她寬廣的付出，常使人以爲她有很多，其實她只是看見身邊的人們有需要，就完全忘記了自己的處境，而傾囊相助。當年我們謀生能力仍不足夠，婆婆經常相助，爲我們的生活打下基礎。想今日能夠過如此的生活，如果缺少婆婆當年適時的相助，生活的品質將不能同日而語。

多少年來，婆婆一直資助陷溺大陸的親弟弟。她在北一女教書幾十年，許多學生與她成爲好友，多少年來一直有聯絡。這點使我常感到不可思議。因爲畢業後，我與師長幾乎全無聯繫，而婆婆的許多學生，多少年來不間斷的與她通訊來往，非常親密。婆婆後來因糖尿病導至眼力衰微，與學生們的聯繫才日漸減少。婆婆的追思禮拜上，滿堂都是親友學生贈送的花籃。

記得最後一次看見婆婆，她動完大手術在醫院修養，身體非常的虛弱，人很不舒服。她看見了我，竟然還擔心著我沒有吃東西，一直招呼著叫我吃。她握著我的手，說我好看，音調微啞的提醒著我：「不要生病。」

婆婆走完了這一生，雖然從外觀她這輩子過得並非最輕鬆，身體的疾病也帶給她許多痛苦。然而，這二十年婆媳的相處，我真正看見婆婆將生命中大大小小的事情都放下了。她一直都是很照顧人的，到了晚年，更有一種超越了私人的豁達與慈悲。婆婆走了，幾乎每個人對她的為人都沒有話說。一年多了，曾經哀慟逾恆的公公不論天氣的酷寒或燥熱，每日不間斷的到婆婆墓前放花照料，深情懷念。

婆婆一週年忌日的早晨，我夢見了她。我們來到一個明亮的高處，婆婆就住在那裡。她穿著一件她最喜愛的棗紅色洋裝，皮膚細白，身裁窈窕，清爽好看。我們臨走前，她站在門口送別，我對她說，今天要去看您哦。醒過來想起這正是婆婆的忌日，覺得很奇妙。我到花園裡摘了鮮豔的大理花、秋海棠與玫瑰花，放在婆婆的墳上。她看見我們的園中如今百花開放，必定很歡喜的。

塵封的信箋

「接到妳的電話，眞是高興。我非常想妳，可是人生就是那樣，很難把你所愛的人都聚在一起，只好等有機會再來看妳。妳問我見到係雲姨後哭了沒有，我怎麼說呢?現在家裡連偷著哭的地方都沒有，而且我的眼淚早已乾了，就是還有，也只讓它向內流……。」

在堆積如山的檔案櫃裡面尋找資料，不經意間發現倚姨多年前寄來的信箋，重讀這封親筆的信函，忽然間，很想和倚姨說說話。可是，我要到什麼地方去找她說話呢，算一算，她已經逝世五年了。

出國二十年，記憶的心田裡，倚姨與西雅圖永遠佔據了獨特的地位。遷居加州灣區後的歲月，回顧之際，已經如此平常。二十年前初臨異域，與西雅圖華大任教的倚姨同住，華大的宿舍生活，新世界的陌生。點點滴滴，各種滋味，太難以筆墨說清。

信箋的左上方，迴文針別了一張古老泛黃的黑白小照，照片的右下角印著上海紅纓幾個字，照片上是年輕時代的係雲姨，她約莫二十年華，或者更年長一些，在一個中年人的眼裡，她可能只有十六歲。這是一張結婚照，或是伴娘照，她的短髮向後梳掠得齊整，腦後別襯著花飾，低矮的旗袍領，垂及臂膀一半的短袖，胸前簇擁著難以辨識的各種鮮花。她的面龐微側，眼簾微垂，眼睛望向右前方，展齒流露少女清純的笑容。

照片與信紙後面附著倚姨的文章『換來的生命五十年』，她在信箋裡告訴我：「這篇複印的東西是我替清華畢業五十週年紀念刊寫的(一九三八到一九四六年間北大、清華、南開畢業生都算校友)，有的地方很簡略，等有工夫的時候再寫詳細一點。」

黑白小照、信紙、五頁的複印文稿落入我的手中，氣氛與當年初寄來時幾乎一樣的新鮮，它在我的檔案櫃裡躺了多少年呵，其實我從來沒有把這篇文章仔細讀過，文章開始說：「自小醫生就告訴母親我活不到十五歲，誰知道經過幾次不治之症，糊裡糊塗的又活了。算起來已經是多活了六十年了！再也沒有想到能趕上清華五十年紀念。」

這張係雲姨的黑白小照，因倚姨生前說過多少次，我長得非常像她滯留大陸唐山最親愛的係雲妹妹。於是，當年那個年輕好奇的女孩，便執意索取一張這位從未謀面的阿姨的照片，她要看看她們究竟如何的相像。收到照片，她看了一眼相片上微笑的女郎，好奇心總算被滿足了。然後，照片被收在櫃裡，一晃眼，多少年逝去了。

我再度觀看著係雲姨的黑白小照，我們究竟有什麼地方相像呢？年輕的女郎，東方的女性，相同的青春，類似的清純，每個人是否都很相像呢。當妳看見一個人，他或她使你强烈的想起另個人，或許强烈的不是那份相像，而是在生命某種情境下被引發的强烈情緒。它可能是對亡逝分散親友的深刻緬懷，它可能是未了情緣所引發的偶然惆悵，它可能是一種對青春年華的回憶追尋，它可能是……。

每個人從小到大，是否都聽過多少次：「你長得多麼像某某某……，你長得多麼像我的某某某……。」如今，她聽見這種話語，不再好奇，不再追尋，也不想看那人與自己有什麼地方相像了。

「你問我哭了沒有，我怎麼說呢？……我的眼淚早已乾了，就是還有，也只讓它向內流。」當年一句不經意的問：「你與係雲姨分散四十年後又相見，你哭了沒有啊？」換來了倚姨上面的這段回答。當年看見這封信箋，不明白人爲何連偷著哭的地方都沒有，也不能想像一個人眼淚早已流乾，就是還有淚，爲何只能讓它向內流。多少年過去了，終於稍解倚姨說話的心情，或許，這就是自己忽然想和逝者說話的原因。但是，想要完全感受倚姨所說的話語，到了那一天，我必定更加老邁，更想和一些永遠說不到話的人說話……。

與倚姨同住的歲月裡，極少看見她寫信，她在『換來的生命五十年』中，也承認自己不懶於思想與談話，但是個最懶於動筆的人。我看著手裡這張信紙，倚姨的筆跡整齊有力，她簡短的幾句話，就在我的心田裡低迴，「接到妳的電話，眞是高興，我非常想妳……，只好等有機會再來看妳。」

這麼長久的歲月過去了，她已經入土多年，我忽然清楚感覺到她當年信上的每一個字，每一句話，原來都是出自肺腑。

一句話，從心底裡油然浮現：有人請問我們的上師，如何提升深度的精神覺知？他說：「你只要愛每一個人。」

懷念石校長

九二一大地震後回家探望家人，從父親口中得知石季玉校長逝世的消息。問父親石校長得了什麼病，父親只說：「都九十二歲了……，」當時，真有一種到靈堂去向石校長鞠躬的心情。

有說，當一個人離開世界前，這一生中的前塵往事，將如同電影般迅速的從眼前腦海裡飛略過去。微妙的是，這麼漫長的歲月，其間包含著多多少少的細微情事，據說都能在電光石火般的片刻中，鉅細無遺的重播。而對於一個仍活在世間的人而言，每當一位身邊的人離開，意識田中都會不由自主的；如同心靈幻燈片般浮現出往日的故事。

離開中山女高近三十個年頭，最後一次見到石校長是在自己的結婚典禮上。然後，出了國，二十年來，美台兩地匆匆的來來去去，沒有機會再見到石校長。然而，在中山女高時與石校長短暫的幾次接觸，每一幕情景都留在我的心田。

初考入中山女高，記得當時因爲教室不夠，有四個班級被分配在大禮堂上課。那時，每天上課都聽見其他班級教課老師的聲音，許多說話在被甘蔗板分割的空間裡同時進行。有時上課不專心，就聽見歷史老師從一個課堂到另一個課堂，相同的、不變的，如留聲機般單調的教課內容。在這種暫時的課堂生態裡，有一天，石校長前來察看新生。她來到我們的班級，站在那邊，忽然詢問誰是某某某的女兒。當時我即站立起來，讓石校長看見。記憶中，石校長在中國女性中算是高個子，她戴著一付眼鏡，穿著打扮都很樸素，說話聲帶點鄉音。石校長對我說了什麼話，已經記不得了，大約只是師長與學生相識時的言語。後來得知石校長與我的父母認識，事後她還告訴母親看見了我，說我可愛。

進入中山女高，所有學生依照身裁的高矮，被編派到儀隊與樂隊之中。大部份高個的女生當儀隊，矮個的女生參加樂隊。嘴唇厚些的女生，大半吹伸縮喇叭。嘴唇薄些的女生，被分派吹中喇叭或是小喇叭。我被分派吹小喇叭，開始課後與暑假必須留校練習吹喇叭的生活。

有一回，我與幾位在樂隊中的同班同學練完了喇叭，幾個人說說笑笑的行經教室的走廊，不知是說笑聲太響還是吹了幾聲喇叭，竟然撞見了正在巡視的石校長。石校長當時很生氣的指責我們製造噪音，並且一一詢問在場的學生有誰吹了喇叭。當石校長問到了我，我不得不誠實的承認；剛才的確吹了幾聲喇叭。石校長見到有人已經承認，就對著我訓斥一番。訓話完畢，幾個同學方准離開。回家後，告訴母親這樁事情。母親對我的行爲有點不快。然而，當時我的心裡卻直覺的相信，石校長對我的誠實其實是很高興的。

我自幼缺乏甲丙組的細胞，初中住校，經常因為數學理化不及格週末被扣留學校，如同坐牢。考上了中山女高，還是逃脫不了甲丙組的科目，一個數學加上一個生物，又讓我念得不知所云。一個晚上，我聽見石校長打電話到家中，她詢問母親我為什麼數理讀不及格，是不是電視看太多了。母親說沒有。她們研究不出為什麼不貪玩也不看電視的我，數理總是考不好。當時，面臨這個危機，有一天，我與座位前方的一位同學聊天，告訴她也許我要將數學放棄，致力於生物。這位不讀書都可以考得很好的蘇姓女生，有一回國文老師還詢問她是否蘇東坡後代的才女同學勸告我，最好都不要放棄。

然後，有一天，我得到通知，每天中午同學們午睡的時間，前去教員室補習數學。於是，每天中午，當同學們都伏在書桌上進入休眠，我就拿著數學課本跨越操場，來到教員室，跟隨一位並不教導我們班級的數學老師惡補。記得教導我的是一位留長髮的女老師，具備我所缺乏的邏輯頭腦的冷靜氣質。我已經不記得自己補習了多少日子，總之，這個中午的數學補習，如同一場大火即將燎原前的甘露降臨，日復一日，數學老師不斷的教導與督促演練，我終於以七十幾分的成績幸運過關，升上了高二。從此，我再也不必與痛恨的數理打交道，如同獲得自由，簡直可以用快樂的小鳥來形容。後來得知，原來這是石校長的特別關照，教我每日中午惡補數學。

回顧這一幕，當年，仍沒有深切體會自己的幸運。如果沒有石校長的照顧，我恐怕升不了高二。事隔多年，回顧人生中的這一段轉折，愈益感懷石校長的愛心。二十年後的今天，得知石校長逝世，回憶起這段往事，石校長與父母親雖然相識，當年卻隻字未曾向他們提及。父親對我所受到的照顧，竟然毫無所知。父親說：「石校長當年是校花，你知道嗎？」然後，父親言簡意賅的又說了一句話：「石校長眞正像一位校長。」

最後一次見到石校長，是二十年前在自己的結婚典禮上。記得婚禮結束時，所有親屬及新郎新娘站在餐廳門口送客。當天來了許多貴賓，都是長輩的朋友，大家面上堆笑的恭喜，說著應酬的話語。在這片擾嚷喧嘩的虛華氣氛中，石校長走近我的身邊，緊緊握住我的手，嘴湊到我的耳邊悄聲說道：「你的丈夫很好。」

這麼多年過去了，很奇妙的是，在那個婚宴上，誰說了什麼話我完全都沒有印象了，我只記得她老人家湊近我耳邊這麼一句簡簡單單的話語。我想，我直覺知道石校長是眞心的，而她告訴我的一句話，也就是婚姻中最重要的一件事了。

懷友篇

之一　畫塘清韻

自從你走了，我經常凝望著你繪畫的那池紫藍幽秘的布袋蓮。早晨的陽光透過天窗，照射在你色調黯沉的畫面上，這是一日裡唯一的時刻，我看見色彩中隱藏的明麗。聖母的白色雕像微垂著眼目，大張著寬恕的雙手，倒影在這片蓮池中。草金魚的微躍，只是使畫面顯得更加寧靜。

你離開過好幾次，我很少想念你，這一次的分別，當我一反常態，開始把你畫冊拿出來重新閱讀，猜想著：你是否不再回到這種生活型態裡面了？

當時，把你的這幅「畫塘清韻」帶回來，掛遍了四壁，也找不到一個適合它的角落。多少次，你的經紀人要求畫作色彩總是趨向暗調的你，畫一些色彩明朗富麗的作品，來應合潮流，你卻總是改變不了。最後，我發現家中只剩下這個太陽屋裡一室的明亮，才能夠凸顯出妳的畫作裡幽黯的色彩。然而，日復一日，我愈益發現，聖母的倒影，唯有在你的畫面色調中，才能夠帶出這份難以描繪的靜謐。

你曾經說：「藝術家是沒有宗教的牧師。」

出身於重重的苦難，父親被槍斃冤死，運動中被劃成右派學生的你被批鬥、勞改。童年悲慘，青年文革，婚姻破裂，成名後又遭受誹謗，一生中唯一的寄託只有畫。在繁麗如錦的眾花中，你獨鍾情於不引人注意的小野花，又特別喜愛色調凋零的殘枝敗荷。你曾經與我分享過一段寫生的經歷，「那是一個上午，我坐在一片荒地中寫生，周遭安靜極了，我全神貫注的畫著這些沒人注意的油菜花。漸漸的，所有的人事都想不起來了，彷彿進入了另一個世界，忘記了一切的煩惱，輕飄飄的，只剩下自己、花和宇宙。這片荒地並不大，但是，當時，我覺得它廣大極了。」

離開了畫的世界，你有時會有點恍惚感，除了對畫是倒背如流。日常生活中，你英文與開車都不學，得罪了人都不知道。夜深人靜，離開了畫，你常有一種說不出來的孤獨。你說，通過花鳥，要畫的就是一種「孤獨」的感覺，自然界的花是沒沒無問的，鳥聲只是使大自然更加孤獨。

你告訴我的，常使我思索，藝術家是否活在兩個不同的世界之中？

你離去前，我們曾經討論過你的生活，雖然，學生們都照顧著你，你剛搬了家，所有大小家用器具、洗衣機、烘乾機、家具……，樣樣不缺的排滿了屋子裡外。但是，一日將盡，所有的人都回到各自的家中，你心愛的兒子又爲了事業，不得不遠走高飛，而要你再尋找一個合適的伴侶，甚至是室友，都是談何容易。生活的壓力、藝術創作的抱負、無人照料的辛苦，所有的負荷，便你萌生了不如歸去的想法。

你走了，回到遙遠的祖國，沒有留下地址，我卻常想問你，回了家，你是否覺得快樂一些？孤獨，在藝術家的圖畫世界中是淒美的，在人生中，經常卻是難耐的。我卻希望，孤獨能夠變成一種財富，而你就是擁有這個財富的人之一。許多人，他們一生快樂得不明白什麼是孤獨，他們永遠不能了解一種無法用任何外物來取代掉的孤獨感。

但願，有一天，我們都能明白克里希那穆提說過的這一句話：「只有極少數的人超越了對孤獨的恐懼，但是，一個人必須超越它，因爲，超越了它，就能發現至寶。」

之二　瀟灑走一回

你曾經對我說過：「有一天，我要好好的說一個故事給你聽。」自從你離開這個世界，已經有一年多的日子，幾百個日子以來，我一直無法提筆，無法重溫你的一切。這種感覺，我委實難以形容，我只有把它深埋心中，等待著終於能夠面對的時刻。

你可知，他們曾經在你死後，要我爲你寫一篇公祭的哀悼文，我卻只是一片茫然。原來，我對你的身世背景是一無所知，而面對著你慘痛猝死的方式，我的心已經驚懼得顫抖起來，可是，有誰能夠明白我的心境呢？你的弟弟對我說，「哥哥生前一直很尊敬你，請你告訴我們，如何安排後事才好。」我卻只能小聲的告訴他，我不知道怎麼辦，我眞的不知道怎麼辦。

如果你還活著，看見我這副六神無主的模樣，一定會對我安慰的說道：「你不要害怕啊！」這是你以前常對我說的話語。現在，你走了，而正是你走得這麼迅速與痛苦，使我變成這樣，又有誰來教我不要害怕了呢。實在說，我還曾經埋怨過你，怎麼走得這麼淒慘，這種人生的結局，眞是使人感到太不好玩。

我曾經以爲這是一個惡作劇，一直幻想著你可能還會從車道上走來，一如往昔的對我們搖手招呼說嗨。你死前的一個禮拜，還剛和我交換汽車來開，終於替我把汽車的一個老毛病修好。猶記得你站在我的車子前面，用手壓彈著汽車的車蓋，對我說道：「車子被我開過以後，會比較好開。」我沒有想到，事隔一週，我甫從英倫歸來，生龍活虎的你，竟然已經不在人世了。

你死後的一個晚上，你的一位朋友打電話來給我，要和我討論你的事情，她一直不解，你死去的當晚，爲什麼沒有打電話給任何人求救。那是一個什麼樣的夜晚，你一個人在酒吧獨飲，酩酊歸家，半夜裡胃病發作，吐了滿地的鮮血，第二天，你被人發現時已經死去了。你當時爲何不求救，死前究竟是怎麼一回事？你眞的是昏迷得無法求救？還是……，你其實已不再眷戀這個生命。

這時，你的言語一一浮現耳際。我看見你的手比在胸前，告訴我失敗破裂的婚姻生活帶來的苦痛，經常在入夜後，如同針扎一般的刺入你的胸膛。舊日的故事仍是一場夢魘，而你在追逐愛情的道路上，又不自禁的喜歡上了另一個她。臨屆中年，竟然强烈的落入了一個愛的故事，而她卻在送給了你一串佛珠之後，悄然的遠去他方。有一天晚上，我們去拿車子，站在車庫裡慘白的日光燈下，你用明顯的語言告訴我們，你是如何寂寞的在度過一個個的夜晚……。

從不舉行生日宴會的你，在死前的幾個月，竟一反常態的過了一個盛大的生日派對，邀集了一大群商場與工作上的友好，熱鬧的吃喝、歡笑、歌唱、舞蹈達旦。猶記得你唱了一首你最愛的「瀟灑走一回」：「留一半清醒留一半醉，至少夢裡有你追隨。我拿青春賭明天，你用真情換此生。歲月不知人間多少的憂傷，何不瀟灑走一回。」

我沒有參加你的喪禮，多少個日子過去了，當我偶或經過你昔日的車店，看見的只是搬光了的空間，人去樓空，告訴我這不是一個惡夢，你的確是走了。這個世界，還是照樣的運轉著，但是，朋友，你的故事，我永遠沒有忘記。

情為何物

之一　麥迪遜橋

「麥迪遜橋」(The Bridge of Madison County) 這部電影曾經轟動一時，我聽見女友看這部電影哭得「唏哩嘩拉」。幾年前在電影院看這部戲，只是淌了幾滴眼淚。流淚的理由是女主角說到生命的瑣碎與無奈時，同為平淡生活家庭主婦的我，不禁一灑同情之淚。

近日電視上這部電影重播，又看了一遍。這次看的感受，與以前竟然不一樣了。昔日對飾演女主角法蘭西絲卡的梅莉・史翠普，感覺她的身體扭來扭去，手部動作也太頻繁，有點造作。奇怪的是，這次再看，這種感覺竟然消失了。她的造型、眼神、表情、神色、動作、姿態，透露出一個隱藏著熱情卻又無耐的女性。那對眼睛，攜帶著無人發現的不安、失落、渴望與尋找。平淡的生存狀態，埋葬了個人的夢想與追尋。一個女人的一生，單調平坦得就像她周遭漠漠的原野一般。她的生活，局限在小鎮裡的這棟小屋，丈夫的生活安定了，孩子們的生命開展了，一個女人自我的生命結束了。這種日子，不能說是不快樂，也不能說是很快樂。歲月就如此的流逝了。卻有一絲說不清楚的悲哀與悵惘。

這齣戲的重點，是法蘭茜絲卡與男主角羅勃・康凱永恆不逾的愛情。孤獨走天涯無親無故的攝影師羅勃・康凱，與法蘭茜絲卡一生只有四天的短暫邂逅，她卻成爲他一生的情所皈依，他死後將所有的信物都交托給她。兩人並留下遺囑，將骨灰飄灑合葬在定情的麥迪遜橋的水面。許多人看完這齣戲，議論的都是「這種感情眞的存在嗎？」「世界上眞正有如此偉大感人的愛情嗎？」

如今再看這齣戲，感覺議論是否有這種愛情的存在，並不是一件很重要的事情。人是有情的生命，親情、愛情、友情、鄉情、人情、道情……都是情。愛情對大眾的吸引力最大，或許，愛情是生命根本的起源，而愛情的交接，又是最神秘、浪漫的一種力量。愛情經常是建立在色相與激情，因此，當年老色衰或是對相同的肉體感到厭倦，愛情的浪漫與激烈就消褪了。代之而起的如果不是親情，就是陌路的無情。因此，人們議論著「永恆的愛情存在嗎？」其實也是問著「外在的吸引與刺激消失後，愛情還存在嗎？」

法蘭茜絲卡與羅勃・康凱的愛情，以另一種角度來觀看，他們都是深刻的人，他們交換過生命中這個深刻的部份，他們也非常珍惜的留存下來了。即使兩人再也沒有相見，一個流浪天涯身後無人的男子，就將他的身體心靈安然的交托給這個曾經眞誠交換生命的女子。而一個孤寂一生的女子，也找到了一個安慰內心深處並賦予眞情的男子。他們的愛情是否經得起考驗，是否眞正有這種感情的存在，我覺得都不太重要。重點在於，他們是否擁有深刻的人格。

人在一生中都可以擁有一些深刻的感情關係。不論這些感情關係是以何種形態出現。或者是兄弟、姊妹、父母、兒女、配偶、親戚、師長、愛侶、朋友，甚至是蓄養的小動物。一個深刻的人，一個有眞情的人，他的情必定是長遠的。「麥迪遜橋」的故事，其實經常以不同的形式在生命中出現，那些情到深處的人，他們的愛就是感人與永恆的。

之二　情人

法國女作家莒哈絲以七十歲的高齡，寫了一本回憶十四、五歲在越南與一個中國男子的愛情自傳故事。這本名爲「情人」（L'amant）的文學作品，曾經獲得法國聲譽最高的龔固爾文學獎。

許多人看這本書，重點也是放在對「愛情」的討論上。有人認爲書中描寫的做愛場面使人感到「欲」而不是「愛」，也有人懷疑著，如果莒哈絲與當年心目中的情人再見，看到這個已經雞皮鶴髮的男人，她是否還能保存那份情懷來書寫這個愛情故事？其實，愛情故事對一些人而言，即使再也沒有與當年英俊或是美麗的主角重逢，那份愛情的感覺照樣也是消失無蹤了。有多少人能夠在七十歲的高齡，仍然保持著這份青春的活力來書寫一個十四、五歲少女的故事，卻不讓人感覺到執筆的人是一個灰髮皺膚的老嫗？甚至不必等到七十歲了，有些人生理年齡還不夠老，激情與熱情都消滅了。

莒哈絲寫的其實不只是她與情人之間的故事，在這本自傳小說裡，她回顧在越南的童年往事，毫不掩飾的描寫她家庭裡的黑暗與恥辱，種族及人類之間的偏見與排斥，母親對子女盲目的偏愛與寵溺，她與兄弟之間強烈的愛與恨，她與情人之間赤裸裸的袒裎相見。她也明白表示對同性女友身體之美的愛慕。她在書中有一大段敘述寫作的心態，有幾句話是：「大多數的時候，我沒有意見，我看見所有的領域都是敞開的，像是不再有牆。」莒哈絲的一生，就是如此的坦然、自由與透澈。她沒有被任何社會的或是道德的條約所桎梏，她的心靈是完全開放的，她沒有被綑綁與束縛。或許，這就是她能夠終生保持著這份青春心態的秘密，因爲她不曾被人爲的因素限制。然而，大部份的女人都是做不到的。人倫的關係、婚姻的誓言、對子女的照顧、人與人間的承諾、社會文化的規範，種種看不見的力量，將女人團團圍住。走出這個範疇，畢竟要付出許多的代價。熱情與激情的消逝，有一部份可能也是出於社會無形中的制約吧。

「麥迪遜橋」的女主角，在愛情與親情及社會之間做了一種均衡、妥協與犧牲。她放棄了許多，她也獲得了許多。她昇華的愛情最終得到子女的諒解，也提醒他們將愛施予身邊的人們。而「情人」的作者提醒我們保持青春的泉源，眞誠面對自己的生命。即使我們無法活得如她那般率性自由，但是，我們可以保持自己的天眞，一顆天眞的心就是不老的心。

只是一種感覺

在旅途的清晨醒來，有時忽然不知身在何處。旅行帶來的滋味有點像是流浪。或許，人生就是活在追尋家園的溫馨與浪跡天涯的浪漫這兩種滋味之間吧。

人總喜歡問：「你最喜歡的……是……？」其實，這種問題是受限於時空的。不同的年齡、心情、環境、處境、想法，甚至天候，都會影響人的感覺。飛鴻踏雪泥的旅遊中，如果要說出一個最喜歡的地方，大概就是希臘的翡拉「Fira」吧。它是一個使我想再回去，想在那兒好好休憩的地方。

未去希臘前，曾聽說「希臘的天空」如何如何，總覺那必定帶點詩人的浮誇與想像。直至到了翡拉，我的天……，完全沉浸、陶醉、掉落到這片希臘的海天之中。眞的就是最接近「天堂」的地方吧。希臘的天空，或許應該說是希臘的天連著海，有一種近似魔魅的力量。坐在臨近愛琴海的咖啡座上，遠眺四圍天海，一種難以言宣的美、靜，溫柔的明麗、耀眼的晴藍、微醺的空氣，形成一股沉默的攝受力量，從四面八方，將你完全籠罩。愛琴海水，不似太平洋的浩瀚，不似加勒比海的琉璃，汩汩生波的海水，閃爍著亙古的神秘含蓄與溫柔變幻。身眼與這片海天交接，立刻被催眠似的進入心靈的深沉冥思。使你不由自主的想要坐下，想安安靜靜的，看天，看海，融入這片安寧至美。此時，讀書也好，不讀書也好，打個盹也好，發呆也好，穿著托鞋四處走動也好，買個冰淇淋舔舔也好，在那種氣氛中，似乎做什麼都好，都不會生厭。

位於聖特里尼島（Santorini）的翡拉鎮，有一種近似天堂的寧靜氣氛。其實。半月型的聖特里尼島，是四千年前幾座火山爆發後的邊緣遺跡。翡拉鎮位於一千呎高的火山黑石之上。據說，聖特里尼島屬於失蹤的亞特蘭底斯文明的一部分。一九五六年火山再度爆發，島上一半的居民都搬離了。或許，天堂與地獄這兩種極端的感覺，其實只是一線之隔。高站島上，懷想著生命的滄海桑田、海市蜃樓、夢幻泡影，如霧如電。活在不似人寰的絕美氣氛中，卻與終極毀滅的無情日日同在。

高聳的黑石山上，搭建著石灰白的典型希臘屋宇。藍天、碧海、黑山、白屋，這片背景中，希臘人運用强烈的色彩，黃、紅、綠、藍、粉、橘、紫……，不論如何拋灑，色調都是鮮明。白色的屋宇，配上亮藍的圓形屋頂，一隻海鳥劃空而過。簡樸的黃色小桌，一把炫爛的彩花，擺襯在夕照謐藍的愛琴海前。石白的道路與白灰的屋宇，牆間忽然垂掛下大串野豔的紫紅九重葛。不須要珠寶與雕飾，四處都是如此單純明亮的風景。

有時，人會懷疑自己喜歡的一個人、一件事或一個地方，當你再度接觸，是否感覺依舊。那趟船遊，再度造訪翡拉鎮所在的島嶼。第二次，騎驢上山，到了山頂，站在石灰圍牆前遠眺這片天海，還是那份相同的攝受力量，美、靜，那種進人心靈深沉冥思的感覺。還是那種想要留下來安靜休憩的感覺。人喜歡的東西，最後其實只是一種感覺。不知何時能夠回到翡拉，償還那分休憩冥思的願望。到了那日，自己的感覺是否依舊？

「蘇連多岸美麗海洋，明朗碧綠波濤靜盪。橘子園中茂葉纍纍，滿地飄著花草香。可懷念的知心朋友，將離別我遠去他鄉，妳的聲影往事歷歷，時刻留在我心上。今朝你我分別海上……。」

小時候，很喜歡這首藝術歌曲。直至到達了義大利的蘇連多，竟然有點失望，不知是否這首歌曲引起太過美麗的幻想。比較起羅馬，蘇連多是鄉野小鎮，比較起鄰近青翠明媚卡布里島，它也略形遜色。在當地的手工藝品店中，觀賞那鑲嵌花飾的木雕音樂盒，打開來，又聽唱起「蘇連多岸美麗海洋……。」感想一趟旅遊或一個地方，若有個值得懷念的人物，就是個很美麗的故事了。

住在舊金山灣區這麼多年，對舊金山這個城市似乎一直沒有什麼特殊的感覺。一位文友要寫一本與舊金山有關的書籍，囑咐幾位朋友選出兩個最喜歡的舊金山景點。想了許久，說不出任何最喜歡的地方。如果一定要說出一種喜歡，那只是一種感覺吧。而這種感覺是從「我把心留在舊金山」這條歌，從一位朋友的離去後……。

其實，對(我把心留在舊金山)這首歌的印象一直不太深刻。但是，那日偶爾唱起這首歌，是麥克風的音效特別好，還是螢幕上那籠罩了整個舊金山灣的藍鬱色調特別浪漫。夕照下巍峨的金門大橋、清晨破霧電纜車從陡峭車道後緩緩上升、飄揚著點點白帆的太平洋……，「巴黎的嬌美帶來的快樂裡有絲悲哀，羅馬的燦爛輝煌已是明日黃花，曼哈頓街頭我躑躅孤獨全然被遺忘，我要回家鄉，回到傍海灣的舊金山，我把心留在舊金山……。」

舊金山對於那些已經回不了家鄉的天涯遊子而言，攜帶著一絲說不清的滋味。終究必須認它為自己的家鄉麼？巴黎不是我們的家，羅馬不是我們的家，紐約更不是我們的家，所有旅遊的興奮與浪漫的消逝，如同夏日的結束，如同將一個立體圖像放平還原，它對我們又只是一張地圖而已。我們四處流浪，回到舊金山灣區，這是家鄉麼？我們能有美洲人回返家鄉的相同情懷麼？但是，我們對舊金山畢竟有了一分感情。而這分感情，卻包含了說不清的迷惘、留戀與心酸。我們或許被迫或許自願的選擇了流浪，不知流浪的終點是否意味著永恆的流浪。家鄉其實還是一種感覺而已，浪跡天涯的人，何日能得到歸鄉的感覺。朋友在舊金山住了大半輩子，終於回到家鄉。數年來，朋友幾度邀約前往舊金山探訪。聽著「我把心留在舊金山」唱到「我的愛在舊金山等待著……，」一絲淡淡的惆悵。同是天涯淪落人，終能回歸家園，除了心有戚戚焉，應該寄予多少祝福。

住在舊金山灣區二十年，我真說不出最喜歡它什麼地方。它不像希臘的翡拉，我能夠清楚說清自己被它迷醉的理由，能夠那麼清晰的將那種感覺描繪出來。我無法實質的說出喜歡舊金山什麼，它沒有任何一個地方曾使我著迷。但是，當那首「我把心留在舊金山」唱起，當我想起遠颺歸鄉的朋友，當我想起舊金山永遠不可能是我的家鄉而有一天我是否必須視它爲家鄉，當有一天我或許永遠離開舊金山再回顧這片數十載春秋的土地……，我開始對舊金山有了一種感覺。

捕捉浪漫——追記南太平洋

旅行，對每個人的意義都不相同。

旅行是一種浪漫，有時就是爲了捕捉那一絲浪漫的感覺。旅客走遍世界各地，最終畢竟是「人生到處知何似，恰似飛鴻踏雪泥。」歷經時日，留下來的只有片斷的景相，絲縷的回憶。夢幻泡影、如露如電。

曾經看過一部日本電影，片名已經忘記。內容敘述人們逝世後，首先必須前往一個中間站。在這個地方，每個人接受深入訪談，回顧自己此生的意義與感受，每個人的一生都變成了影片，重新觀看思惟，必須找出此生中最感動、美好的時刻，然後懷抱著這份感覺離開人間，前往下一個目的地。如果無法尋到這份感覺，缺少了這種感動，人們就永遠滯留在這個中間站，直到他找到這份內心的美好，靈魂才能進入下一段旅程。

整體生命所帶來的感動與回憶，這個題目太廣大了，恐怕需要「蓋棺論定」，如同日本電影中逝者到了中間站。而回憶自己這生經歷過的旅行，這個題目是容易多了。何況旅行經常都是短暫的，即使經歷了許多景物風光人事，都只是過客的歲月，電光石火，密集迅逝。回顧此生的旅行，帶來最美、最浪漫感覺的地方，就是愛琴海的希臘島嶼，曾經爲文記述。隨著時日的推移，那份經歷，已然蝶化爲一種意象，隱藏在心靈的深處，彷彿是天堂的象徵。如果生命只是一趟趟的旅行，那麼，回溯之際，我必定要攜帶著那份心境去轉世吧？

每次旅行都想選擇一個沒有去過的地方。世界如此廣闊，人窮此一生，恐怕也無法走遍世界。有一部老電影名爲「南太平洋」，後來發現它並不是在南太平洋拍攝的。南太平洋有好些小島，本想去著名的大溪地，旅行社經紀大力反對，說大溪地骯髒沒甚可看。於是，我們決定前往波拉波拉與莫瑞亞這兩個小島。波拉波拉一直享有「南太平洋最美麗島嶼」的盛名。它是個什麼樣的大美人，令人想一探究竟。

這趟捕捉浪漫的旅途，一出門，就遭遇難測的局面。

每次出遠門旅行，都要三番兩次催促他不可太晚動身。不知是否過度緊張，每次出遠門都沒有誤點。這一回，可眞正遇上了情況，進入聖荷西機場的入口堵塞著長龍似的車隊，而且移動非常緩慢。他見情況不妙，立刻轉舵開往下一個高速公路出口，出來開了一段路，來到接近機場的道路。天啊，交通竟然一點沒有改善，放眼滿街是癱瘓的車隊。綠燈亮了也於事無補，道路交通似乎完全停滯。前方是發生了車禍還是感恩節假日來臨因此如此擁塞。眼看時間分分秒秒過去，簡直想要跳上直昇機飛過這片令人絕望的呆滯，若是趕不上去洛城的飛機，趕不上轉機前往大溪地的法航，這趟旅行是否就要完全泡湯了。發愁的看著車外死亡的空氣，半小時過去，這片阻塞也沒有化解的跡象。開始埋怨咒罵他每次都不肯早點出發，這次可是眞的完了。車外有一些人在步行，恐怕走路還比較快。他忽然動念，將汽車停到近機場的一家旅館，然後我倆提著行李步行到機場。這個動議，簡直是不可思議，旅館外面可以隨便停車嗎，而且不是停幾小時，一停就是八天，八天後我們從南太平洋回來，汽車會不會不翼而飛，會不會被警察拖走了。而且，提著行李走路到機場，要走多久啊。他篤定的說旅館前面可以停車沒有問題，而且機場就在下一個路口。說時遲那時快，他已在最近的街口一個大轉彎，來到這間雙樹旅館。我們下了車，在停車場四處小心張望一番，果然沒看見什麼拖走（Toll Away）的兇惡警告。於是，他拖兩個小行李，我拖一個小行李背一個包，開始前往機場。夜色中，嘈雜的車道交通裡，都是與我們命運相同的步行人群。他在前面領路，愈走愈快，遠望著他的背影，我拖拉著行李努力往前進，地面上偶爾出現泥濘的污水與不平的土溝，行李在地面上歪倒又被拔起。這簡直不是旅行，好像是在逃難。唯一慶幸的就是這次決定要輕裝便行，如果似往日一般攜帶巨大行李，跑都跑不動了。行經一個警察指揮交通的路口，詢問爲何交通如此阻塞？警察說拉斯維加斯賭城年度電腦大秀本週末剛結束又碰上感恩節假日剛開始，東西南北來往的人數想是幾倍不只。警察說他將汽車停在雙樹旅館，連警察都停車在雙樹旅館，我倆立時放下了一半心。等到趕上了前往洛城的班機，噓一大口氣。這趟南太平洋之旅，總算有驚無險的開始了。

法航飛機上睡過一夜，有人將機窗打開，遙望地平線，清亮的藍空下放散出破曉的紅光，揉揉眼睛，伸個懶腰，啊，我們已經脫離北半球寒冷的冬天，來臨南半球熱暖的夏天，來到另一個世界的感覺眞是新鮮。我們即將前往的南太平洋小島波拉波拉（Bora Bora），有「南太平洋最美麗島嶼」的盛名，它究竟是如何的美麗，使人好奇。

波拉波拉島是南太平洋群島之一。波拉波拉島的海域面積三十八平方公里，它被清淺的珊瑚礁、白沙海灘、小島（沫凸 Motu）所環繞。這個三、四百萬年前就存在的火山形成島嶼並不乾黑，青青樹木如綠草般絨密覆蓋。島嶼中央高聳拔立起來，山脊一路連延，起伏有緻。遠觀近觀，幾個高低不同的山頭，橫看成嶺側成峰。主島周邊的海域裡，座落著大小狹長不一的小島，以及連綿淺海的珊瑚礁（Lagoon）。

「南太平洋最美麗島嶼」盛譽的波拉波拉島的奇景，從高空才能一覽全局。墨綠的小島與清藍的珊瑚礁環繞著中央清奇峻偉的主島，珊瑚礁的區域，水色清淺碧藍。蔚藍的珊瑚礁，墨綠的沫凸，水色山色深深淺淺，與環繞的暗藍深海交接，激盪出白色的泡沫沙岸，形成島群外圍方圓不規則的白色泡沫花邊。中心地帶聳立的山脈主峰，彷彿海上飛來仙山。整體景像，形成南太平洋海域中一個殊異的島嶼圖案。

然而，如果想眞正看見波拉波拉的整體美景，恐怕需要找一個特別晴朗美麗的天候，然後乘坐直昇飛機在高空翱翔漫遊一番吧。

從大溪地飛機場轉乘小飛機到波拉波拉小島，從波拉波拉小機場出來，再乘船前往我們居住的小島。下了船又搭乘簡陋的公車，玻璃窗戶好像都會搖動。

初見南太平洋島嶼，感覺它的景觀比夏威夷島原始許多。有說法屬南太平洋是數十年前的夏威夷。但是，南太平洋島嶼腹地比夏威夷島嶼狹窄。以波拉波拉與莫瑞亞兩個小島爲例，所有活動與住家幾乎都在沿海範圍。如果不精通海上運動，這種地方實在無法呆太長久。無怪乎前往南太平洋之前，一位友人問我是否喜愛海上活動。

雖然氣候常年維持在華氏八十度左右，但是仍然有季風與豪雨的問題。我們剛進入居住的海邊旅舍，就下了一場夾雜著閃電雷光的傾盆大雨。南太平洋的旅舍都是草屋式的，草屋分兩種，一在花園裡，一在海上。花園別墅顧名思義，位於花樹茂密的岸上園林，海上草屋則一棟棟座落於淺海的珊瑚礁上。在波拉波拉島居住花園草屋，旅舍的接待員身裁壯碩身著花衣，他撐著一把大傘，搖擺著肥臀帶領我們進入居住的小屋。小屋的頂棚由茅草結成，室內是竹製的傢俱，白色的紗簾在南太平洋四季如一的薰風(此刻夾雜著雨珠)中飄逸。

居住島上，清晨聽見公雞大啼，彷彿回到早年的台灣。不但公雞叫使我們想起台灣，草屋天花頂上還有久違的壁虎。記得小時在台灣，家裡的牆壁上經常有壁虎盤桓，蟑螂也是常客。有一段時間，老屋裡跑來許多老鼠，一家人在起座間看電視，老鼠就沿著窗簾爬上爬下。如今不知是否在高度文明的美國居住時間太長久，還是年紀大了，躺在床上看著頂上那隻壁虎，竟然睡不著。他說不必害怕，壁虎不會下來的。經過整晚岌岌不安的睡眠，不想次日，壁虎老兄竟然爬下來，圍著滿屋亂跑，沙沙作響。牠甚至從我們的床頭橫越。不得已請旅舍工作人員來驅逐壁虎，他們笑說「恐龍來了」。壁虎的當地土語與莫瑞亞島名一樣，他從此不時以「莫瑞亞來了」取笑我的無用。島上另一個對文明人的災害就是兇惡的蚊子。我的皮膚向來是蚊子最愛攻擊的對象，最後被叮得滿腿是包。保心安膏也抵禦不了蚊子凌厲的攻勢。直到返美，還花了幾天功夫，腳後跟的一堆紅腫才漸漸消滅。

南太平洋陽光的威力也是我們沒有預料到的。此地陽光的暖度似乎與美洲大陸陽光沒什麼太大的不同。一個早上，在島上光著兩條小腿走來走去。這麼遊遊盪盪，沒想到回去後，發現白嫩的肥腿好像烤小豬似的變得紅通通地，再不注意怕就要灼傷了。從此得到教訓，畢竟這陽光來自赤道，不可小看也。沿著海的道路上，許多島民將家裡種植的水果拿出來販賣，鳳梨、木瓜，還有島上特色名叫「拔開」的水果，一買就是一大把，每根形狀如同巨大的豆莢，將綠色硬皮拔開後，裡面一粒粒肉白色綿蜜清甜的果實。島上沒有高聳時髦的摩天大廈，只有一群群的茅草屋(Bungalow)。旅舍外面的道路旁大海邊，一間間島民簡陋的房屋，大都沒有籬笆。洋鐵皮的屋頂，灰石的地板。院落中種植著九重葛等。行經島民的居處，經常傳出陣陣純樸嘹亮的島嶼歌聲。孩子們擺兩隻椅子在院落乘涼，身旁就是祖先的墳墓。長年暖熱的天氣，島上女性以大塊花布繞身，露出健康色的肩背。住在此地幾天，在那種暖洋洋的薰風吹拂下，所有女遊客都脫掉文明世界的衣裝，紛紛以各色花布裹身。這些花布大張如床單，高更著名的土女畫、島嶼的各色花蕊……，都涼在屋外的竹竿上隨風飄盪。

雖然島上的這些小昆蟲不友善，使我這個已被高度文明完全寵壞的人感到芒刺在背。然而，南太平洋的風光還是令人難忘的。

南太平洋的一種特殊情調，就是近晚的天色。

在波拉波拉島的一個午後，搭乘汽艇過度到主島對面的一個沫凸。沫凸的英文是 Islet（小島），想名它爲小小島。因它座落於小島邊緣，面積比小島更小。過渡到主島對面的沫凸，已經是黃昏時分。居住在主島山腳下的草屋，原來不識廬山眞面目。如果住在對面這個小小島，每日方能遠觀海上仙山的全貌。波拉波拉的山不高，彷彿就在眼前。有時被飄浮的雲朵圍繞，有點虛無縹渺。太陽很快就下山了。太陽剛剛落山，短暫的三十分鐘內，坐在碼頭上等待載客貨的渡艇，那種屬於南太平洋的天色就籠罩了我們。南太平洋的天色，尤其是近黃昏時，有一種特殊的光輝。夜色初透：這個珊瑚礁遍布的海天領域，亮麗的天空與綠翠碧的水色，逐漸矇朧。初夜的深沉滲入了清朗的水色，海空交融，映射出一種含蓄退隱的清澈透明。空氣都染上一種藍色調。淡淡的藍調氛圍，攝人的寧靜如霧般升起，言語止處，心神沉澱。如夢似幻的世界，心中不由得盪漾起浪漫的情潮。空曠的海風慢慢的、徐徐的吹拂過來。南太平洋的島嶼很小，相形之下，海面與天空就顯得很廣大。在其它的大陸海邊如太平洋。大西洋或地中海，感受不到這種「島小海大天空大」的地理景觀所帶來那種非常安靜的感覺。

「南太平洋」這部電影經常在電視上重播，不知是否年代久遠，影片的色調變得太紅，已經捕捉不到遍布珊瑚礁的南太平洋近黃昏天光海色交融的醉人情調。

一個波拉波拉島的早晨，倘佯在海邊沙岸上。十一月的季節，海上有點風浪。陽光時隱時現。不遠處，來了一對法國年輕情侶。這位褐色長髮身材曼妙的女郎罩著大溪地花布站在岸上。那位肌肉强健的男士走入海裡，在稍嫌强勁的海風中，努力將單帆的彩色小船撐起來，他努力撐起船又倒下，倒下又被撐起。兩人用法語哇啦啦的在海風中喊著話。不久，只見這位女郎在太陽椅坐下，她把大溪地花布退下，接著，大大方方的把裡面的比基尼胸罩也解了下來。全身就只留下了一點。她本是一個美女，隨著這個大膽的舉動，使人更加的驚豔。海灘上的男士們開始佯裝散步的從她面前來回走動。她就大剌剌地躺在那裡，毫不在意的展示天體。

法屬南太平洋島嶼的法國遊客很多，四處都聽見法語。法國人對暴露身體比美國人開放許多。觸目所及，經常看見一些解掉胸罩的女士，凡是保持三點不露的多半是美國人或他國人士。然而，即使展示天體也不一定是什麼美景，有些年邁的女士胸部下垂如乳牛，即使從人們面前走過，也刺激不了觀者的感官。在美國濱臨太平洋的聖塔克魯茲偶然也會看見一些裸體人士。有一回在海邊漫步，看見山崖環繞的低凹海灘上，有一位身裁結實黝黑的西方男士脫得精光地挺立大海面前呼叫，臉上露出非常得意的神情。

美國電影裡常有荒島追蹤的場面。那種林木密佈渺無人煙的地方，眞不知是在那裡找到的。一個午後，我們開著汽船出海，總算經驗到了好像魯賓遜飄流記一樣的小島。

波拉波拉小島的海域裡有不少的沫凸(小小島)。我們租了一條汽船，拿了一張海上地圖，開始這趟探險。南太平洋海域遍布珊瑚礁，必須當地人事先告知如何順著海道航行，否則會擱淺珊瑚礁中。他從來沒有操縱過汽船，稍事學習就開始這個處女航，駛向遠處的沫凸。在海道裡迎風破浪的彎彎轉轉，不久就來到一個椰子樹飄搖的小小島。我們的汽船擱淺在靠近沫凸不遠的珊瑚礁裡，從汽船裡爬了出來，提著拖鞋，赤腳站在珊瑚礁的淺海裡。只見腳下的海水，乾淨得像琉璃世界一樣。這輩子從來沒有見過這麼清淨的水，乾淨得使人想跳進去，澈底的解除了戒心。我們涉水上岸，這個小小島的白沙也是出奇的白淨，海岸線也很長。一些法國人從我們身邊走過，對我們說著法語的日安。一群人走過去了，留下整個小島給我們兩人。他說這個地方好像可以脫光衣服躺在白沙上睡覺。我忽然感到內急，他教我就走進不遠的叢林解決。跑進叢林深處，四周只有雜亂的樹木，一點道路也看不出來，眞像好萊塢電影的荒島場景。他站在純白的沙灘上，身邊正巧有一棵小椰樹，汽船在他前方不遠的海水裡飄飄盪盪，小小島就在他的身後。此情此景，完全像我們在島上看見的一張土著在海上小島的圖畫。

遠處忽然傳來隱隱的轟隆雷聲，高空夾帶著幾絲閃電。這時，我開始想像全身濕透乘著這條金屬船遇上大雷雨的危險。他雖然不緊張，碰上我也只有打道回府。我們推著汽船離開珊瑚礁的近海，上船行駛不久，汽船忽然停止下來，好像撞上了什麼。原來我們取錯了海道，跑進一個布滿巨大珊瑚礁的地帶，這下只好拿出船槳同心合力的滑行，脫離珊瑚礁的區域。幸好汽船沒有撞壞失靈，否則落入這片渺茫的海域裡，如果沒有人經過這個地帶，加上天又黑了……，越想越可怕。

從波拉波拉島到了莫瑞亞島，旅行社安排的居處不理想。所在的海灘有許多雜草，海灘線也很短淺。這個草屋光線黯淡，沒有空氣調節，而且，壁虎又出現了。於是，我們和旅舍商量，搬到旅舍最近海的一個海上草屋。海上草屋一棟棟建造在珊瑚礁的淺海裡，坐在海上草屋的陽台上，遠眺著南太平洋的海色天光，與海洋非常的接近，晚上好像就睡在海裡似的。雖然壁虎不到海上，但是，屋裡竟然出現蟑螂與螞蟻。最後，簡直是一點吃的東西都不敢亂放。只要有一點氣味，螞蟻立刻聞風來到。一個清晨，我們站在陽台上，發現草屋腳下清淺的水裡，好多色彩斑爛的熱帶魚兒游來游去，他驚喜的說從沒看見這麼多色彩的熱帶魚。黃昏漲潮，到了清晨退潮後，這些魚兒就出現了。只要扔進水裡一些麵包，美麗的魚兒立刻群集過來。偶或有幾隻肥大如麵包的魚兒出現。海上草屋供應潛水用具，一些人戴上潛水器具，在淺海的珊瑚礁叢中潛水，如同美人魚一般，與魚共舞。草屋裡還有一個透明的玻璃桌，桌底下有燈光打到水裡，看見熱帶魚游來游去。

法國人喜愛日光浴，躺在太陽下面睡覺。一個午後，他也學樣的臥在陽台的躺椅上。他面朝下爲背部做日光浴，有鑑於南太平洋陽光的威力，趕快爲他抹上濃厚的防曬油。臨近的海上草屋裡住著一對法國夫妻，那位女士也是裸著上身日光浴。此刻我們享受到洋人度假的一點滋味。他曬了幾個小時，告訴我感到渾身放鬆、昏昏欲睡。海風吹來，心裡牽掛的事情都沒有了。曬完以後，身體有點熱乎乎的，但是輕鬆愉快，對健康有益。

莫瑞亞島雖然比波拉波拉本島面積大，但是腹地仍然有限。我們租了一部車子在當地遊歷。自動排檔車子價格太貴，從未開過排檔車的他緊急惡補一下就上路了。南太平洋群島的汽車狹小簡陋，而我們行駛到一座小山上，汽車竟然熄火了。他不諳排檔車性，只見汽車一路往下滑，眞是嚇得流出冷汗。幸好島上都是遊客，車行很少，否則大事不妙。波拉波拉島的面積小，兩人只要租個小輪機車，在嘟嘟嘟的慢聲中，在迎面的海島微風裡，就可以遊歷全島了。

這趟捕捉浪漫的旅程結束了。回到雙樹旅館，我們的汽車安然無恙的停在那裡，鬆了一口氣。很妙的是，這趟旅遊帶來一種體認，使我感謝自己所居地的文化生活便利。朋友說這種感覺她初從中國五台山返美也有過，後來就忘記了。然而我在一九九九年十一月遊歷南太平洋，提筆此刻已過了一年餘，這份感覺依然存在。畢竟自己不諳水性，又被現代文明薰陶得已經不能住在一個沒有文化、缺乏書店與電視節目、又沒有電影院的地方。而我更高興不必再與壁虎毒蚊打交道了。法國畫家高更於一八九一年決定定居大溪地，他一生中最著名的畫作都是在大溪地完成的。他的筆下那種不受污染的原始純樸形相，帶給西方世界永久的影響力。而他所繪製的大溪地風光的色彩感覺非常獨特，比原色更令人難忘。想當年，這種鳥不生蛋的島嶼必定更加缺乏文化。或許，這就是高更所需要的東西。他需要還原，而在他的還原過程中，他又把文化帶給了南太平洋。

音樂磁場

自從出國念書然後結婚定居國外，在台灣很少居住超過一個月以上。這麼些年來太平洋兩地來來去去，我對台灣的流行歌曲也完全斷層了。我離開台灣的前夕，尤記得在當時仍存在的「愛群市場」買衣服，耳邊傳來的是鳳飛飛一首飄零的歌詞，引起陣陣悵然的情懷。我們年輕時代的歌星是甄妮、冉肖玲、尤雅……，連蔡琴對我而言都算是近期的歌星了。所以，我的流行歌曲階段，可見是多麼的不接頭了。回台灣看見王菲舉行演唱會萬頭鑽動的場面，可是王菲的歌喉究竟如何，因爲缺乏整體環境的薰陶，我一點概念也沒有。這些年在美國，也很少唱卡拉 OK，如果常唱就不會那麼脫節了。而一些比較新的歌曲就是在僅有的幾次卡拉 OK 中學習的。

有一次，一些文友聚餐完畢，前往一位經常唱卡拉 OK 的朋友家中唱歌，一位文采斐然的文友唱了一首「哭砂」。等我買了卡拉 OK，就開始練習這首獨特的歌曲。可惜因爲自己沒有參加卡拉 OK 歌友會，因此，卡拉 OK 只唱了幾回就冷落一邊。幾年下來，唱來唱去，就得這麼一首

「哭砂」。一方面，也找不到另一首自己會唱又比較特殊的歌曲。

前幾年回台灣，我與外子偕同妹妹及好友芳寧等出去玩耍，一路上，聽見車裡傳送出陣陣美妙的和聲音樂，「哭砂」也是其中的一首。打聽之下，原來這是「音樂磁場」合唱團的歌聲。從此，我就迷上了音樂磁場。每回到台灣，我就四處尋找音樂磁場，只要是音樂磁場的歌曲，我必定全數購買回家。回到美國，當我心情輕鬆或是獨自寫稿的時候，經常都是音樂磁場的歌聲陪伴著我。我不明白為何他們的歌聲總是令人聽不厭，引起我心中一絲絲浪漫的情懷。音樂磁場的歌曲雖不算是最新的，但是在他們美妙的和聲裡，自然而然的幫助我銜接了許多首離鄉後脫節的流行好歌，也幫助我回味許多醉人的老歌。而聽見他們的歌聲，我就回憶起在台北與妹妹在一起的時光，這些音樂也羽化為我對妹妹的思念。她伴著我逛街，陪我選購音樂帶，我們在公園漫步，一起在街頭小吃。這麼些年，我在家鄉的時光就是這麼短暫，每次的返鄉，都是蜻蜓點水。捕捉到的只是在夾縫之間縷縷的回憶。美國的生活好像是大片的白布、長長的流水，漫長而平淡。一年年就像是翻撕掉日曆，一張張的隨風而去。回首之際，二十年就這麼逝去了。

前年回家，與阿姨一家人聚餐。飯後，很難得聚齊的九個表姊兄弟妹連同另一半，一行人浩浩蕩蕩的去唱卡拉 OK。表弟找了一家他常去的安靜的音樂酒吧，偌大的場地，有鋼琴伴奏，有各種飲料。大伙兒坐在柔軟的沙發上，一邊聊天一面喝果汁。輪流唱歌。我們的五位表姊弟妹幼年就是榮星兒童合唱團的台柱，他們自幼如同小天使一般，歌聲也是如此。此刻，看著高大的五位表姊弟妹站在場地中央一起合唱，手足情深，和樂融融。曾經留學法國的哥哥唱了一首「落葉」(The Falling Leaves)，先用英文，再用唱來特別有味道的法文。經常唱卡拉 OK 的妹妹與妹夫也唱了好幾首很好聽又現代的流行歌曲。唯一一位以長輩身份參加的母親，也上台唱了幾首女高音的藝術歌曲，寶刀不老。輪到了我，又想起了「哭砂」。這首歌剛開始時有一段沒有音樂的清唱，然後才開始有音樂伴奏的歌聲。唱完這一百零一首的流行歌曲，眾人都印象深刻。後來，妹妹告訴我，她每次唱卡拉 OK 聽見「哭砂」就要想起我，感傷不已。

在美國的歲月，彷彿是沒有歌的日子。偶或有機會與朋友們一起唱歌，總是能夠帶引出一些情懷。忙碌又機械化的日子，將人們內心裡的情感都封閉起來了。唱歌是一種釋放，將許多熱情與柔情都吐露出來了。但是忙碌單調的生活，使人經常不再有那種心情去尋找歌聲。或許，在美國的日子裡特別喜愛聽音樂磁場的浪漫歌聲，是一種寧靜中默默的羅曼蒂克心情。它使我懷想，使我回憶，使我的心變得柔軟。想起許多過往的親情、友情、愛情。雖然這些情不一定是隨身左右的，不是我能夠擁有的，但是，在陣陣浪漫音樂的迴盪與呼喚之中，我可以倘佯其中，在我的心中依然擁它入懷。記得有一位朋友曾經對我說，如果他的感情能夠帶給我一些溫柔美麗的感受，那麼就將它存留起來吧。將來，我可以經常回到那個地方去感受、體會。或許，動人的歌聲也是如此，它好像是一把鑰匙，它好像是一種溶液，把我們在生命中累積的疲憊與堅硬解凍，讓我們與那些柔軟的、無怨的情感再度聯接起來。

意象

王國維的「人間詞話」開章明義：「詞以境界爲最上。」

一部作品，不論是以文字、畫面，還是影像來表達，最終傳遞的就是一種意象。如果以交朋友來比喻，就像是對朋友的一種印象。而這種意象也是頗爲抽象的，好比一個人走出來，他的氣質如何。「人之不同，各如其面。」最後，可能就是一種感覺。人的人緣不好，味道不對，人們就不想接近他。一部作品如果使人難以吸收，就像是缺少魅力或人緣的人。

一部好作品必能留下意象。有些故事整體表達出的意境，留下特別鮮明的意象。有些作品將人物個性或關係形態寫得特別動人。這些都是能夠打動讀者的東西。許多作品讀完好像不痛也不癢，什麼也沒有打動。有些作品雖然激起一些感動，卻像是陣陣漣漪，不久就淡化無蹤。如同有些人令人過目不忘，有些人卻是見了幾次仍然不記得。

作品如果打動了人類共通的處境，激動了大體的心境，啓發了深遠的反思，這就是一種大的意象。如果描述的人物很生動，故事也入木三分，即使不是一個格局很大的作品，卻也反映了眞實的人性。王國維說：「喜怒哀樂，亦人心中之一境界。故能寫眞景物，眞感情者，謂之有境界。」他又說：「境界有大小，不以是而分優劣。『細雨魚兒出，微風燕子斜。』何遽不若『落日照大旗，馬鳴風蕭蕭。』」

十九世紀英國女作家珍・奧斯汀的小說，全部以當時的英國家庭爲背景，內容也是圍繞著男女之間的感情生活。她的生活經驗很有限，甚至沒有結婚，四十幾歲就逝世了。但是，她觀察人情世故的眼光非常銳利，把握住人性一些基本的特質，傲慢、偏見、理性、感性……。她描述小我的善心、愚昧與自省的能力，眞實微妙。她在複雜的人生中，肯定一份深遠眞摯的情感，不失溫柔敦厚。即使隔了百年餘，人性依然，讀了她的作品，還是令人發出會心的微笑。美國劇作家田納西・威廉斯的「玻璃動物園」，描寫一個困於現實生活、力圖出頭的家庭主婦，有一個跛腳自卑又夢幻的女兒，一個職位低微不能面對人生經常逃亡到電影院中的兒子。整齣戲就在一棟房屋內進行，雖然只是一個小家庭裡的人倫關係與感情故事，那種滯悶、衝突的無耐痛苦，反映了整體生命共同的處境與哀傷。

有些作家書寫的故事，蘊含了深刻的意象。美國作家愛倫坡的「紅死病」，一群富人建造了堅固的城堡享樂度日，逃避城中流行的紅死病。一個化粧舞會的午夜時分，來了一位戴骷髏面具的陌生人物，原來就是死神來到。愛倫坡的恐怖故事，令人思及無人可逃的生命終極問題。美國作家海明威的「老人與海」，描述一位老漁夫出海，歷盡千辛萬苦捕得一條大魚，回程中，大魚的血腥吸引了海裡的魚類，老漁夫回到岸上，這條大魚已被魚群吃得精光，只剩下枯骨。「老人與海」使人感想生命原是一場空。德國作家赫塞的「流浪者之歌」，兩位修道的年輕人，一位追隨佛陀的腳步，另一位跟隨自己的道路，透過七情六欲與種種情感關係，山窮水盡，終於體悟了生命。「流浪者之歌」使人感想眞理沒有道路可循，每個人的道路都是獨一無二的。

有些作家帶來的意象是一種心境。英國作家喬依思的「逝者」，描寫一個愛爾蘭家族年度的家庭聚會，女主角在聚會結束前聽見歌者唱了一首戀歌，使年華老去生存疲憊的她，回憶起年輕時爲她而死的一個年輕男子。簡簡單單的故事，反映出生命與死亡、純眞與世故、眞誠與虛僞。最後，窗外飄落的白雪將充滿是非黑白的大地全部覆蓋了。德國作家托瑪斯曼的「魂斷威尼斯」，暮年的男作家在威尼斯遇見了一位非常俊美的少年，老作家對美少年的癡迷，使人感觸人類對愛、美、生命的永恆追尋。

王國維以「句秀」來形容溫庭筠的詞，「骨秀」來形容韋莊的詞，「神秀」來形容李後主的詞。詞人的作品，如果有句、骨、神的層次，句的層次是表面的，好像是皮肉，用眼睛看得見。骨的層面就深入一些，但還是看得見。這份風骨，包藏在衣飾與皮肉之下。如果進入神的層面，就是一種境界、氣質、意象了。

相同的題裁，不同的作家寫出來的意象都不同。譬如性愛的題裁，古今中外作家多有著墨，表達的味道各個不同。傑克作家米蘭・昆德拉的作品，寫皮肉，卻使人感受哲學。法國女作家安娜儀的「亨利與君兒」、美國作家亨利．米勒的「北回歸線」、英國男作家勞倫斯的「查泰萊夫人」，他們寫的是情欲是人性，都在一線之隔。中國作家賈平凹的「廢都」，是淫蕩還是頹廢。日本作家渡邊淳一的「失樂園」的性愛場面描寫得令人咋舌。有些作品寫性不讓人幻想性卻感受到死亡，有些寫性就是淫欲食色性也。王國維說：「詞之雅鄭，在神不在貌。永叔少游雖作豔語，終有品格。方之美成，便有淑女與娼妓之別。」

有些藝術家是擺上生命的，彷彿是獻祭一樣。王國維說：「尼采謂：『一切文學，余愛以血書者。』後主之詞，眞所謂以血書者也。」王國維認爲「詞至李後主而眼界始大，感慨遂深。」他以「不失赤子之心」與「性情愈眞」形容李後主。李後主的詞句耳熟能詳，眞摯的感情，動人至深。「問君能有幾多愁，恰似一江春水向東流。」「春花秋月何時了，往事知多少。小樓昨夜又東風，故國不堪回首月明中。」每每讀之，都能感受那份情境，惆悵不已。梵谷的畫作，甚至是幾根野草與小花，都能帶來感動與震撼，這些藝術人物都是「以血書者」，所謂「春蠶到死絲方盡，蠟炬成灰淚始乾。」觀察他們的人生，就是一部最好的作品，他們的個性就是他們的作品，留給世人深刻的意象與印象。

孤獨

小孩子實在是一種很奇妙的生命。許多事情，我們在童年時代的感覺，或許比成長後還要清楚敏銳。

小學時代，同班有一位很美麗的女同學，她的美，在高低班同學中都是有名的。她的人長得美，數理科目的成積卻很糟糕。或許，很美的事物，都是不大合乎邏輯的，可是，直覺感卻可能很好。

畢業這麼久了，人到中年，再也沒有遇見過她。但是，美麗的人，總給人一種錯覺，彷彿她永遠不會老也不會醜似的。但是，眞正使我沒有忘記她的原因，是年幼時她對我說過的一句話。有一天，這個美麗的小女孩坐在我座位的前面，她回過頭來對我說：「我曾經覺得妳是一個孤獨的人。」

一位花鳥畫家朋友，在繁麗如錦的眾花中，獨鍾情於不引人注意的小野花，又特別喜愛色調凋零的殘枝敗荷。夜深人靜，離開了畫，她常有一種說不出來的孤獨感。她說，通過花鳥，她要畫的就是一種「孤獨」的感覺，自然界的花卉是沒沒無聞的，鳥聲只是使大自然更加孤獨。

有時候，凝視著她繪畫的蓮池，一片幽秘的紫藍，沒有月光，清淺的草金魚微躍，這片荷塘更形寧靜。

有一天，當我獨自在公園散步的時候，忽然又深深的想到「孤獨」這兩個字。此時，眼望著公園裡如織的人群，奔跑的孩子們，嫩粉的面龐如蘋果一般。春天的樹木，展現出深淺濃淡的繁華綠意。成群的鴿子，大肥白鵝，游水鴛鴦，以及岸上的小松鼠等，大家都在忙碌的走跑覓食。天空中的群鳥，如同飛虎小組般的交錯變換隊形，遊環迴旋在藍天裡。這個陽光下的世界，生氣盎然，即使過往的人群非親非友，但是，他們卻與我們同樣的分享這片大地，同樣的經歷憂悲喜樂。

朋友告訴我，她的一位女友中年猝逝，生前，夫妻情深意濃，眾所稱羨。然而妻子逝世不及一年，未亡人已經活在眾多女士的環繞中，過著有聲有色的新生活。朋友的語氣忿嘆，但是，這代表的必定是健忘嗎？或許，這正是他藉以逃脫極度孤獨與悲傷的方法。

許多人都害怕獨處，不能面對孤寂。事實上，終此一生，我們都用各種各樣的方法，使自己被外物佔據。一旦靜坐下來，所有的事情，就轟然回到心裡，使我們無法安心的面對自己。但是，如果能夠面對這份孤獨，不要藉用任何事物或外界的力量，把孤獨感轉移，我們可以從其中獲得很大的勇氣與覺悟。

印度覺者克里希納穆提說：「只有極少數的人超越了這種對孤獨的極大恐懼，但是，一個人必須超越它。因爲，超越了它，就能發現至寶。」

一直沒有忘記，在一次閉關活動中，一位美國女同修告訴我的一句話：「當我在家中靜坐，彷彿與世界上所有的朋友們，同時靜坐一堂。」

參加活動並不一定是尋找機會與眾人相處，正如身處熱鬧的人潮中，不一定能將人心底的孤寂感消除。如果心中有愛，即使所愛的人並非實質的現身在你的近處，當你思想起他們，還是非常的接近與喜悅。即使住在間隔的屋宇與不同的國家，一個人的心量有多大，他的世界就有多大。

看戲

十年前，曾經選讀一堂英文課，讀到美國女作家安萊思的吸血鬼對話錄，當時對故事中吸血鬼一面吸血一面做英雄的邏輯有很多意見，那位美國老師很讚賞這本小說，聽我發表許多高論後，點頭稱是，毫無不悅的接納了我的想法。

十年後，這部小說改編成電影，忽然有一種把它再看一遍的心情，安萊思在戲前說：「吸血鬼就是我們。」看完了戲，發現自己只是讚嘆安萊思的戲劇才華，對於那位吸血鬼面容憂淒行走紅塵滾滾的世界上，想到的就是人類的現況、世世代代的悲劇英雄、生命的掙扎與無奈，竟然一點意見也沒有了。

有人問：「戲裡吸血的場面是否很……？」我說它有許多象徵的意義。

其實，有些戲一點血也沒有，卻叫人看不下去。

本來不怎麼想去看賭城的這部戲，聽見有人不以爲然當下美國風潮爲何演出這種戲竟還得獎，觸動我前往一看的心情。這部戲一看之下就了解爲何有人看不下去，充滿生命活力奮鬥不懈的人們，難解酒鬼為何頹廢狂飲自暴自棄毫無鬥志前景。

看完了戲，對這個墮落的題材倒沒有什麼意見，只覺這齣運用許多誇張動作戲劇高潮來表達的人生悲歌，卻無法真正觸動到心靈，問題不在題材，而是沒有表達出一個酒鬼不願活下去的心情，如果真正覺受到了氣氛，這分感同身受，將溶化所有的為什麼與不接納，它的自身就是警惕與同情，勝過所有的道德。

日本作家川端康成的作風是極靜的，有一天讀他的「千羽鶴」，讀到後來竟然看不下去，那種貌似安寧的筆觸下面，隱藏著的感情關係無比的糾纏錯亂痛苦，教人難以消受這種氣味。

法國第一美女凱賽琳丹尼芙年輕時演過一部電影，扮演一位高貴美麗的良家婦女，在白日戴著墨鏡到妓女院充當妓女，英俊溫柔的醫生丈夫無法使她產生興趣，反而是妓女戶裡醜陋逼迫的男人使她就範享受。這部出自心理學個案的電影在二、三十年前公演曾廣受眾議：「為什麼一個這麼美麗的腦袋裡隱藏著這麼醜惡的東西？」

多少年過去了，這部影片繼續上演，許多人看了還是覺得不美、嘔心。如果是二十年前看這部戲，不知會不會嘔心，恐怕是看不懂。二十年後看懂的原因是體認到人心裡隱藏的罪性，對於不可做與不該做的事情，最極端的禁果、不可與厭惡，反而經常引發出最強烈的感覺，許多的混亂糾纏苦痛，就是這樣誕生的。人心底裡這種東西是埋藏很深的，文明人不承認有它，瞥見就快快掩目而去。正視這條蛇，其實是徹底認識自我、人性與成熟的機會。

歌王馬力奧蘭薩在一部老片中飾演一位疑心的藝術家，愛上一位風流成性的女人，一次公演莎士比亞的「奧賽羅」，女人沒有如期赴約聽他演唱，他竟然罔顧這是首次公演大戲，從舞台上失魂落魄的走下來，不聽從眾人的苦口勸說，把奧賽羅的黑臉抓白，脫下戲裝，衝到負心女人的家中尋覓，聽見愛人已跟隨雕塑家出走，他忿恨的用手把女人的雕像面孔抓爛。此舉把他一生的歌唱事業都毀滅了，甚且落魄他鄉，差點一命嗚呼。

這麼癡迷難拔的一顆心，看得直教人從心底裡難受起來，人能夠如此被情所纏縛，人人都曾走過這樣的一條路。

少年時代著迷電影「金玉盟」，後來發現許多女性的心底都曾存留它。原來每個她都默默的追尋著一個「永遠」的他。多少年後再看這個故事，還是沒有否定它，其實這不是神話，因它點出眞愛是無私的。奧蘭薩在老片的後半段跪在教堂中唱著「聖母誦」，令人從心底不由得舒出一口氣，盼望他能從癡迷的情海中稍微伸出頭來，呼吸一口新鮮空氣。

曼達拉美術拼貼、面具

在此，藝術的主題無關技巧，你只要順隨自己的心與直覺。

曼達拉

空白的長形紙張，上面只有一個大圓圈。

我需要黃色，溫暖黃金的黃，夏日向日葵的燦爛。蠟筆盒裡的黃色有限，挑出一根最鮮明的黃色蠟筆。曼達拉的製作過程非常緩慢，僧人們花費數天、數週的時間，目不移、氣不粗、神不散的把斑爛的彩沙，細心的放置在一塊大版面上。一陣風，這幅沙畫就吹散無形，你必須非常專注定靜，利用世界的各色彩沙，把這座完全對稱、色彩炫麗、形容繁富、外圓內方的壇城堆積成功。你寧靜、細心、心無妄念的繪製，無論它最終多麼莊嚴，法會結束，都要被吹散無形。如何開始我的曼達拉？拿起黃色的蠟筆，細心的沿著圓圈的內圍，一個黃色實心圓球挨著另一個的，把大圓圈首先描出一圈黃。使人心靈放鬆的音樂輕響耳際，我的心也安靜下來。曼達拉是繁富無比的，時間不夠，沒有感覺到下一個步驟應該怎麼走，寧可留白。我只描出曼達拉一個圓黃的內部邊緣。抬起眼，看週遭同學們的曼達拉，西方人沒有一個尊重這個大圓圈，沒有人理解。還是沒有人想保持這個方圓有序、永恆對稱的觀念，所有人早都從圓圈裡突破出來，把大圓圈上變成一朵向外放散光芒的、不對稱的多瓣大蓮花，或在大圓圈上長出了幾棵大王椰樹，圈內還有火山在爆發，各種誇張的顏色與圖案，熱烈的、任意的把畫面圖蓋得一點空氣都沒有。

我把自己這張幾乎是空白的曼達拉拿出來，萊拉霓，我們的指導老師笑說：「你很有勇氣，敢於留下這麼多的空間。」

美術拼貼

第一眼挑中的是國家地理雜誌的一張封面圖。這是隨意的選取？還是被紅綠黃的鮮明色彩吸引？待定下心來，愈益感受到圖面的意思。一隻初生的綠皮小蛙，包藏在一朵大紅的花心卉中，牠稚嫩的頭顱伸出來，圓黑的亮眼望著世界。

紙板還是選擇了亮黃色，首先，把心形紅花裡的黃綠小蛙貼到紙板的中央，這朵紅艷欲滴的花朵，還是一顆血紅熾熱的心臟，開始撲撲地跳動在我的圖面、我的宇宙的地心。

每個人都開始走上不同的心路旅程，神遊在五彩繽紛的圖書雜誌中，剪下與心剎那相應的事事物物……。

一個褐色皮膚的長髮女郎，坐在白色的沙灘上面，眼睛望向無際，憧憬著……夕陽美景……雪山嶺的彩虹……雙葉的帆船出海……。

帆船帶領的飄泊、追尋、自由、幻夢的日子，似乎成爲這張美術拼貼的始航，然後。紙板上貼現了一對母女，她們背對圖面，坐望著夕照中剪影的海島，金光閃耀的海水面迤邐眼前，大自然的平靜與人類的安祥共存。

紙板上面還有空間感，小女孩補充了留白，兩個孩子的頭髮都十分凌亂，一個孩子兀自玩著家家酒，一個孩子睜著眼，微垂的嘴角表情超越了稚齡，她們是否需要世界的關懷呢？

回過頭，看看在我身邊的桃樂西，她的美術剪貼紙板早就剪得只剩下我的一半大，畫面上面塞得滿滿地，一點餘隙與空氣都沒有，男人、女人、祖父、祖母、青年、孩子、狗兒、貓咪，每張畫面的組成都是事情，都是行動，都是生活，畫面的中央站著一個拿著破瓦罐的女人，桃樂西說：「我的角色，永遠是個修補者。」

她說：「你的畫面是多麼的和平啊。你總有這麼多的空間。」

我想：「她的畫面是多麼有人情味啊。她是否能夠忍受這麼多的空間。」

面具

臉孔就包在石膏布的下面，本來是做面具的一種恐懼，萬一鼻子忽然不通，滿臉的石膏布沒乾拿不下來，會不會窒息？萬一貼上了滿臉的石膏布，忽然鼻子大癢要打噴嚏，面具會不會裂掉？這些神經的顧慮，後來都變成小事情，倒是面具做出來以後，傷了不少腦筋。捧著我的石膏面具回家，另一半看見立刻高興的說道：「唉呀，這看來好像是一個哲學家。」這張哲學家的臉孔，愈看愈覺得嚴肅，怎麼就沒有想到在做面具時，應該學萊拉霓一樣的昂頭微笑。這張臉孔打扮起來，只有日本女人最相當。可是，如果這是日本女人，一定是我上輩子裡的故事。那麼，我該給自己什麼面具呢？苦思幾天，還是想像不出自己的面具。朋友笑我刁怪，做面具嘛。遊戲。可是，眞的不是刁怪，我沒有面具，不知自己要戴什麼面具。我完全無能做這個遊戲。

幾乎想要放棄做面具了，一個刹那，忽然想起了平劇的臉譜，啊，有生以來第一次了解，臉譜原來是一個誠實的東西。我可以上色，不必做面具。色彩的自由與象徵，在心底裡迅速的萌芽生長……，從面孔中間開筆，斜斜抹上一大筆中國藍，鼻子完全的小丑紅，嘴巴玫瑰花開，左眼青檸檬綠，右眼蓋上圓形的黑墨罩，把臉孔搖一搖、晃一晃，墨黑的一顆珠淚流落下來，給它灑上一堆金粉銀屑……，萊拉霓從身後走過，愈看愈驚嘆。墨黑的顏色不聽使喚的流散泛濫，整張臉都染污了。忽然發現，原本根本不需要這些眼睛鼻子嘴巴的規格，眞正想的是拿起一個噴器，用五顏六色雜亂有章的把面孔全軍覆沒。繁複無盡的色彩，給予生命無窮變換的想像空間，五官消滅了，神色就清晰在色調的明滅氤氳中。

最美與最醜

中國肖像畫家白敬周喜愛兩位大畫家，一是法國古典主義大師安格爾，安格爾的人物肖像，常令人看得目凝神往，從心底裡浮現出來的感覺，就是二個字「好美」。另一位大畫家是英國現代畫家弗洛伊德，他的作品已被大博物館收藏，但是，坊間很難找到。第一次翻看他的畫冊，忍不住的皺起了眉頭，那種赤裸裸表現人物「不美」的作風，的確帶來不舒服感，使人幾乎想把畫冊趕快合起來，或丟到一個角落去。

但是，白敬周不分高下的喜愛這兩位最美與最醜的大畫家，筆下人物個個醜陋的弗洛依德，也極度讚賞筆下人物個個優美的安格爾。

當時，以自己對繪畫膚淺的了解，有點困惑於畫家爲何喜愛兩位畫風迥異的畫家。

有一天，把弗洛依德的畫冊拿起來再讀，這位心理學大師弗洛依德的後代，他的作品果然得到祖先挖掘人類深層心理的眞傳，正因爲他走在時代的前端，改變了這一代人的審美觀念，所以，許多人難以接受他，要了解他的作品，需要花更多的時間，才能進入情況。

翻閱著弗洛依德的畫冊，又翻閱著安格爾的畫冊，忽然間，我想起了兩位朋友。一位朋友，她的氣質優雅，生就一張飽滿的鵝蛋臉，罕見的細白肌膚，幾乎看不見任何紋理與毛孔，細長的單鳳眼，秀挺的美鼻絲毫不見孔，鼻下正是豐潤圓巧的兩瓣紅唇……，如果，把她裝扮一下，放入安格爾的畫冊中，不就是那位古典安逸的貴婦人。另一位朋友，一頭蓬鬆焦亂的長髮披在兩頰，掩不去廣闊的面孔與突兀的顴骨，粗黑的皮膚，毛孔歷歷可數，寬大的臉上，最明顯的就是一張特號的嘴巴，彷彿佔去面龐的三分之一，唇、鼻與眼的形勢，就像是等差級數一般，一路的落陷下去，陷入谷底時，是一對細小的眼睛，眼底裡，無聲的吶喊著徬徨與失落……。如果，她進入不了安格爾的畫冊，那麼，她應該可以提供弗洛依德一點靈感吧？還是，以安格爾的眼光與筆觸來繪畫，每個人物都能夠帶出優雅的一面，以美感回饋世界。而以弗洛依德的眼光與筆觸來繪畫，每個人物被剖析出來的內心世界，都不是表面所能看見的。

如果，我今天提得起這一枝畫筆，能夠把這兩位朋友透過自己的詮釋畫下來……，突然間，我領悟到了一件事情，在畫家的心目中，她們同樣是「美」的。原來，美與醜，它與世俗所認定的黑白、胖瘦、粗細、大小……等相對的意念，沒有什麼特定的關係，當我以一種超越了世俗凡相的心態，來捕捉一個生命，一種情境，每個人物所傳達出來的意義，都是美的。在藝術的領域裡，攜帶了一重宗教式的、超越了相對意念的平等廣博情懷。

在白敬周的詞典裡，沒有所謂的「醜」字。他為人繪製肖像，一般人看見了畫，都覺得美，但是，他自己覺得，還沒有畫出那種「美」。原來，畫家所謂的美，是一種更深刻的捕捉，不論是在線條、形象、構圖、筆觸……，還是在生命、個性，心理、情境……，這種「美」的表達，眞可以說是永無止境，所以，我們覺得人物畫的神似，畫面也很優美，但是，從藝術創作與追尋的角度來看，永遠都有更多的發掘與探測的空間，或許，這才是一種美的定義吧。

所以，一般人看見要吃不下飯的弗洛依德肖像畫，白畫家可以一直的看著，不停的看著，經常看得人都「傻」了。一幅女人裸睡圖，只見她上下左右的伸張著手足，微張的嘴，彷彿聽見隱隱的鼾聲，瘦排般的骨骼，一條條橫陳前胸，把最富有女性意味的溫柔特徵，完全給毀滅了，腰下與大腿的連接處，硬骨嶙峋，有稜有角，絲毫沒有安格爾筆觸下那種女體的細膩、柔滑、溫軟、白淨。但是，在白畫家的眼中，弗洛依德的現代人物畫，筆觸彷彿是一把「手術刀」，展現出一個實際存在的生命，把形體銜接得實在太美了。弗洛依德有科學家窮根究底的精神，畫面的來龍去脈是清清楚楚，質感交代得也淋漓盡致，他的寫實態度，宛如宗教家一般的虔誠，他可以花上半年、一年的時間，就是畫一幅家中後院的爛草。他把眼中看見所有的生存形態都表達出來，使人信服這一種確確實實的存在。

但是，不論畫面是所謂的「美」或是「醜」，崇尚的都是自然的流露，不可以太「過」。安格爾的繪畫帶來的感覺美，境界高，弗洛依德認爲「安格爾的素描中，每一根線條都值得端詳。」安格爾的繪畫，每一個部份都非常精細，質感的表達也是淋漓盡致，與弗洛依德的科學精神無分軒輕。而弗洛依德的畫面，也不是刻意的畫苦畫醜。彷彿古人所說「增一分太多，減一分太少。」，這其中的分寸拿捏，也全看畫家個人胸中的造化，存乎一心。所有的造作、矯情、誇張、粉飾、美化、醜化……，都是一種「過」，凡是太「過」的東西，都是不美的。

畫家作肖像畫，注意的也是這一個「過」字。從白畫家經常提起的一個故事，也可以想像肖像畫家的處境。

一個獨眼跛腳的國王找畫家來爲他畫像。第一個畫家根據事實，把國王畫得又瞎又跛，國王一看，大爲發怒，把他殺了。第二個畫家害怕性命不保，把國王畫得既不瞎又不跛，也被殺了。第三個畫家不知如何是好，靈機一動，畫了一個騎在馬上射箭的國王，閉上的一隻眼睛正在瞄準，跛了的腳跨越在畫面看不見的馬身內側。國王十分滿意，因此，畫家也保住了性命。

細細思索，這個故事的寓意，與做人、處世等也可以相通。人生在世，萬物的基本原則，生命與創造，原來在靈活之中，最寶貴的還是一顆眞實的心啊。

風雨的季節

來了場暴風雨，雨水如注，風雨聲愈來愈大，轟隆隆的。隔著窗玻璃看院落裡的樹木，被狂風烈雨折騰得東搖西倒，眞爲這些身高脖長的樹捏把冷汗。忽然之間，電力全沒了。看樣子，這麼大的風雨，電力公司搶修不易。冬天的黃昏來得特別快，加上風雨季節，五點左右，屋裡屋外已經開始灰濛濛的一片。

終年生活在電力的供應中，一下子停電這麼久，才發現簡直什麼事情都做不了。熱水壺是插電的，瓦斯爐灶台是用電子點火的，暖氣是靠電力來發動的，中文電腦當然不能打了，電視收音機全死了，發現自己連個電晶體收音機都沒有準備。最後，只有小手提電腦還有蓄電作用，可以繼續工作。

屋裡愈來愈冷，進入車房去搬來一堆年來劈砍積存的木頭，打開壁爐，塞入一團團報紙，再堆上細樹枝，最後擺上大塊木頭，火柴一擦點，不一會兒、壁爐裡的火燄就熱熱烈烈的燃燒起來了。席地而坐火爐旁邊，把手提電腦放在膝蓋上面。屋外的天色漸漸全黑了，只有壁爐裡熾紅跳躍的火花，以及電腦本身的螢幕發放著淡藍的清光。

壁爐裡的木頭添加了幾次。打著手電筒，照亮在正進行翻譯中的英文書頁上，翻譯的文字輸入了電腦。興起，又打了一封信。突然間。小電腦像心臟病發作，還是氣球漏氣似的，嗚的一下子由低聲轉滅無聲，蓄電力完全衰竭了。

這下子，眞正是萬籟俱寂了。所有的一切的一切活動，隨著這最後一項電力的終結，現在都必須完全停擺了。

盤腿垂目坐在壁爐旁邊，爐火安寧的陪伴著我。周遭徹底的靜。忽然覺得，可以聽見自己的心的聲音了。原來，人就是必須被這樣的剝奪，從這個大舞臺的聚光圈的一再縮小中，終於被圈限到了手無寸鐵的地步，然而，就在這個沒得看，沒得聽，沒得吃，沒得想，沒得說的徹底黑暗時刻裡，驀然回首，你看見了深心處的一丁點東西。

晚上，點燃了好幾球的蠟燭，大小上下參差的放置洗澡房內，泡浴在熱水澡缸裡(感謝熱水是瓦斯點燃的)。窗外還聽得見隱隱的風雨聲，屋內只有蠟燭光在空氣中微細的搖曳。暖黃溫柔的光線色調，失電後復得的亙古靜謐，這次第，眞彷彿回到了古時候的什麼朝代裡，我想到了木屋、馬車、徒步遠遊的旅人、昏黃燭燈下的夜讀……，如果我是畫家，一定喜歡這溫情萬種的氣氛，遠勝過那幾百支的燈光。

思想著，當那位發明家把這幾百支的燈光帶入了全世界的家庭裡，轟隆隆的電力，也把我們全部推向一個極其忙碌的世界。現在，偶爾情調一下固然很美好，但是，我們卻都已走上無法離開電力而活的不歸路。電力帶來了多少的便利與解放，然而，當千家燈火俱滅，萬籟俱寂的時刻裡，偶爾拾得那坐在壁爐旁心靈的徹底安寧，滋味卻如同一滴甘露化入口裡，永難忘懷。

雨水

記得二十年前初到美國西雅圖華大念書，逢暑假前往加州灣區住在姊姊家裡。當時加州鬧旱災，用水必須十分節省。參觀史丹福大學校園，那條著名的棕櫚樹大道兩旁的棕櫚樹顯得乾枯沒氣，校園裡的草坪也焦黃無趣，整體印象實在缺乏世界著名學府的氣派。尤其當時從雨豐葉潤湖美的西雅圖來到燥熱的加州，感覺綠意盎然花繁錦簇的華大校園比起加州大學是美麗多了。

未到美國以前聽過一首歌「南加州永不下雨」(It Never Rains in Southern California)。婚後初住北加州，記得下雨季節確實很少，冬天經常沒有雨水。不管是南加州還是北加州，似乎都與雨水無緣。然而近年來，隨著聖嬰現相等地表天候的劇變，北加州的冬天經常開始有雨水了。幾年前的一個春天，母親的一位老同學前來探訪，我們帶他參觀史丹福校園，比較起二十年前鬧旱災的史丹福校園，此刻史丹福門前的棕櫚樹大道豐美茂盛，氣宇昂揚。清甜的春風拂著面頰，我們跳躍在廣大迤邐綿密的濃鬱草地裡，沾染了一身萬金不換的富足綠意。雨水豐茂的季節裡，花朵也開放得特別肥碩亮麗。花園裡的大樹每年等待一次大雨季節，風雨洗落了乾枯的松針，滂沱大雨從天而降，洗淨了十層樓高的巨樹。樹木在沛然的雨水滋潤下，樹幹顯得特別的黑潤。這種潤黑色調襯托著園裡一片的綠意，只有冬季豪雨過後才見得到的景緻。

從此每年冬天都期盼著雨水的來臨。今年入冬以來好一陣子每天都是晴空萬里，該是下雨的季節了，陽光依然兀自睜著灼熱的大眼，不眠不休的令人無耐得幾乎感到怪異了。經過好幾個有雨的冬天，想起「南加州永不下雨」的歌曲，簡直是帶點恐怖。一個沒有雨水的地方，陽光再亮麗也顯得多餘起來。一個沒有雨水的地方，生命的寒冷與炎熱、乾燥與潤濕、晴美與風雨、豐盛與稀少，這一切要如何得到平衡呢。

盼望著，盼望著，在進入二月的季節裡，天空的雲層終於又漸漸聚集密佈起來了。當萬里晴空被灰魚肚白的濃厚雲層全面遮蔽，當雲層的色調漸轉灰黑壓抑鬱悶，當疏密的雲朵籠罩了遠近的山頭，很快的，雨點就滴滴答答的落下來了。久晴乾旱的天候，望著窗外嘩嘩落下的大雨，心頭不由得一陣感動，想起多年以前的一部老電影「奇蹟」。

年青貌美的小修女塵心未盡，愛上了前來修道院養病的英俊軍官。一個月黑風高的夜裡，小修女脫下袍服偷偷溜出修院，回到紅塵十丈的世界尋覓她心愛的軍官。就在這個夜裡，聖壇上聳立的聖母像竟然奇蹟似的從聖壇上走了下來，化身爲小修女的形相，代替她在修道院的職位。小修女在滾滾紅塵飄泊尋找，前後遭遇了多少男人。鬥牛士、男爵、藝術家、富商……，然而，每當她愛上一個男人，他竟然遭遇意外死亡。最後，小修女失去所有心愛的男人。當她心灰意冷之際，竟然在街上的遊行隊伍裡意外發現那位英俊的軍官。她終於找到當初尋覓的愛人，然而飽受愛情幻滅之苦的她，此刻的心境卻全然改變了。她放棄了當初苦苦尋覓的愛情，矢志回到久違的修道院。當她到達修道院，發現在她流亡的年間，這片土地一直沒有下過雨，地表乾裂，苦旱煎熬，民不聊生。小修女回到了修院，化身的聖母走回了聖壇。當聖母再度顯現聖壇之上，天空烏雲密佈，雷聲隆隆，久旱的天地終於降下了甘霖。

盼望著雨水，彷彿也是盼望著上天的旨意，盼望著祂沒有放棄對人類的希望。地球生態一日日遭受破壞，嚴重失衡。森林的砍伐、天候的劇變、核子廢料的去處、能源的危機、野生動物的瀕臨滅種……。人類的文明愈盛，野生動物愈貧。居住在都市叢林，有時我思鄉似的懷念著那些原野上雄美英武奔騰的大動物，牠們好像已經快變成古早以前的一則神話。海洋裡巨碩無比的哺乳魚類，牠們是否仍然在黝深幽密的洋海裡出沒巡游，牠們是否還擁有大自然的一席之地。盼望人類保留這最後的一線綠地，千萬不要將牠們完全的殲滅……。

步行

每去公園散步，就想起美國作家梭羅說：「我所謂的散步與運動完全無關，它不是生病時吃藥，或是舉啞鈴、坐搖椅之類，而是一天的遊樂與冒險。我竊笑有人爲了健康而舉練啞鈴，他錯過了『春天在遠處草原的雀躍』，他與生命的春光無緣。」一想到這段話，就感到有點不好意思。

散步對我的意義，總是難免「利益」性質的。除了有幾次悶在屋裡太久(梭羅亦曾說過「總是呆坐在家不外出走動的人，可能是最偉大的飄泊者。」)，十分想念戶外的綠地，跑到公園裡，看見那片廣闊連綿綠油油的草地，不由得像「眞善美」裡的小修女一旦溜出寺院，在周圍環抱的阿爾卑斯山脈中，歡呼、雀躍、奔騰起來。然而，大部份時間，散步對我來說都是有功用性質的，促進健康、提高精神、免除肢體僵硬、預防脂肪堆積體內……。而且我散步的路程與時間幾乎是固定的，在鄰近的瓦松納公園繞湖走一大圈。

梭羅說：「散步，無疑是走向田野和森林。如果只在花園或賣場游走的話，那像什麼話？」

他每天除非散步四個鐘頭，否則會無精打采。有時候，他陶然忘我，從下午四點一直走到夜晚十一點，一天就這麼溜走了。當他外出步行，往往不確定「腳」將走向何方。他只跟著感覺走。他發現自己無論如何拐彎抹角，最終都會走向某個森林、草原，或者一片廢棄的草地或山崗。

記得有一次告訴母親自己經常到公園散步。母親聽見似有點不確定的音調。畢竟她無法想像這個瓦松納公園是如此的平坦、廣大、一目瞭然，來來往往的行人、溜狗者、騎自行車者……，沒有什麼歹徒可以藏匿的暗角存在。然而，「公園」對長居台北鬧市的母親而言，已經是有些危險成份的地帶。不論是居住在都市叢林的台北，或是住在工業區的矽谷，任誰也無法效法梭羅每日「走向田野和森林」或是不確定自己的「腳」將走向何方。

曾經試著在居家後面的小山林裡散步。這個小山雖然面積不大，卻是樹木茂密、鬱鬱蒼蒼。冬日過後，山澗裡水聲叮咚。偶或看見美麗純良的鹿兒在山邊吃草。山上間或有一些住宅，絕非不宜單身女子遊蕩的荒郊野外。然而，每次由山腳下拐彎往山坡爬行，都要經過一戶隱蔽樹林深處的人家。有一回獨自散步，正徜徉在寧靜的山林氣氛，空氣中突然爆炸出一陣兇惡狠毒的野獸咆哮，從這戶人家的斜坡地面，衝下來一隻灰黑醜陋的巨大狼狗。牠的頭顱幾乎從細鐵絲欄後面衝出，使盡渾身的力氣、齜牙裂嘴的瘋狂吠叫，那種殘酷暴烈的姿態，彷彿已經咬到牠的獵物，死命的啃噬撕扯。我的七魂六魄還是肝膽肺臟，好像都被牠的怒吼震破了。一路下山，就在那不友善的山谷狂嘶之中膽顫心驚。從此以後，一想到上後山散步就有心理恐懼症。那戶私宅主人待行人的不友善，還是到公園去吧，畢竟公園是屬於大衆的。公園裡的狗兒雖多，卻不敢狗仗人勢的對行人憤吼。

美國女明星莎莉・麥克琳以六十歲左右的高齡，攀登西班牙極困難的朝聖路程卡米諾(Camino)。這是一條接近五百哩的長途跋涉，橫越高速公路、山脈、城市與田野。這條自古以來吸引人的朝聖之路，亞西濟的聖方濟、義大利詩人但丁、英國詩人喬塞都走過這條朝聖之路。莎莉・麥克琳徒步了三十天，每日行二十哩路。完成這項非凡的心路歷程。她在一路上不停遇見一些叫囂的兇惡野狗。一生中飽受花邊新聞記者擾亂的她，把他們比喻為這群喧擾的野狗。

簡單的步行，卻是自古以來一些擁有深刻心靈者經常的活動。梭羅說：「步行是一門高尚的藝術，它的代價卻是孤獨。」他說，光是指揮「腳」走向森林是無用的，要把「靈魂」也帶去。他用「Sauntering」(漫步)的字眼。這個字眼意味深長。中世紀時，閒散的人在鄉野之間游走，並且以法文的「聖境」(A La Sainte Terre)之名，請求佈施。這些人走一趟聖地之旅，孩子們會歡呼「來了一個聖境行者」。梭羅說：「其實，他們從不曾自稱『走訪聖地』，只是一群浪蕩子和流浪者。可是，耐人尋味的是，眞正到達聖地的，往往是漫步者。」

曾經讀過一本十九世紀經典之作「東正教徒朝聖記」(The Way of a Pilgrim)，這個沒沒無聞的蘇俄籍獨臂僧人，攜帶著一本「斐羅卡利亞」經書、樹皮水瓶、背袋裡裝著乾麵包，在西伯利亞的森林及無樹大草原上，一路念誦著基督禱辭，安靜的步行。他有時一整天坐在樹下讀經。

有時借宿人家，有時如同鳥獸般棲息大樹下或草叢中。他在路途中遭遇各種各樣的故事。一文不名的他還被逃兵搶劫，敲打昏迷。有時步行到非常孤寂的地區，幾天都不見村莊，憑著信心沒有餓死。一個冬天的夜晚，他獨自穿越森林，遭遇一隻巨大野狼的攻擊，他用念珠敲打這隻野獸，念珠繞住狼的脖子，牠逃跑了。當野狼跳過一個荆棘樹叢，後足被夾在裡面，念珠也纏上枯樹枝，緊繞住牠的喉嚨。行腳僧走近野狼身邊，他緊握住念珠，狼就將念珠扯斷，逃得無影無蹤。他拾回念珠，平安無損到了村莊，沒有人相信他遭遇的奇事。偶爾，他幾天都看不見住家，感覺自己彷彿是世界上唯一的人類。這種孤獨的感覺，對他來說是一種安慰。他在孤獨時所感受的喜悅，比和眾人混雜時更多。

我認識一位教太極拳的美國年輕人，他才二十六歲，就徒步在美國各地行走過半年。他一天至少走四、五個小時，有時在草叢或樹下睡覺，有時借宿人家，與十九世紀這位俄國行腳僧一樣。有一次，他遭遇大雨滂沱，渾身濕透了，一位善心人給他搭便車，又送給他兩元，他就用兩元將衣服洗淨烘乾。他大部份時間利用加油站來盥洗。有一次，一個禮拜都沒有機會沐浴，他就用布條把油膩的頭髮包紮起來。他這麼走著走著，腦海裡有時湧現出豐富的靈感。有時在行走之間，整個人彷彿都消失了，與外界合而為一。他一直過著非常有限的物質生活，卻不在意。這位年輕人，是我唯一認識身體力行這種徒步生活的人。

二十世紀印度哲人克里希納慕提（J. Krishnamurti）經常在山裡獨自步行。美妙的早晨，他無止盡的行走。小徑上沒有人走下來，也沒有人走上去。他單獨與那些暗黑的松樹與奔流的溪水同在。天空是驚人的藍。他透過樹葉和筆直的松樹看著藍天。沒有人和他談話，心靈不會喋喋不休。他在「心靈日記」中寫著：「他最近才發現，在長時間的散步中，在擁擠的街道上，或是孤寂的小徑上，腦中都沒有一點思緒。在這種散步中，無論有人陪著，或是單獨一人，都不曾有思緒的流動出現。這就是孤獨一人。」

步行的意境是如此的深遠。體力的能耐、精神的自由、危險的面對、意念的澄淨、無爲的喜悅……。眞是「大丈夫」的行爲也。

至於凡夫俗子的我，步行在瓦松納公園，只是一小時的步行，對體力的能耐毫無挑戰，但是甩手踢腳，扭頸轉頭，倒也是身體舒暢。不能做到無爲的心態，如梭羅那般無目標的在田野或森林裡輕鬆行進，也沒有莎莉．麥克琳女士或蘇俄朝聖者那般行走天涯，不懼野狗與惡狼的勇氣，也沒有克里希納慕提天賦清明的無念境界。雖然我也是孤獨的行走，腦海裡總是喋喋不休著塵間俗事，如梭羅所說的「腳到心沒到」。然而，步行公園的時候，總是能看見幾絲新意。我愛樹，冬天樹木葉片落盡，那粗細樹枝千藤百轉纏繞交結，挺拔樹幹花斑不規則的深淺圖案，總教我望得目不轉睛。寒冬的日子，偶有白鷺翩翩降臨湖面，雪白纖細的姿態，宛如仙女落塵，驚爲天人。初春的嫩葉柔暖嬌潤，春分時令人雀躍的蓬勃綠氣。公園裡一道溪流的邊岸，有如寒煙翠般隱密的地帶，將碎麵包紛紛扔入溪水，總能引來成雙結隊的鴛鴦，雲飛鳳擁，爭先恐後的搶食。陽光篩過樹叢，映照著公鴉頭頂的翡翠鑽冠。行走到湖的遠處，回顧水光粼粼的湖面，岸旁點綴的株株垂柳，倒也有「一點」(美國柳樹太粗壯了)杭州西湖垂柳的風姿。

梭羅說：「我的周遭有許多美好的步道，就算我每天走，年年走，還是無法窮盡它們的秘密。四季的變換、路人的變換，你會感到時時刻刻都是新意。」

我想，生活中的平凡與不凡，大概也是如此吧。

隱居

居家環境周遭樹木很多，每戶房屋都是樹叢掩映。即使走出家門，也難得看見鄰居。尤其是對面的人家，他們的居處面對斜坡，一走進去，迎目滿山滿谷的綠意，立刻到了另一個世界似的。在這種隱蔽的居家環境住久了，大家好像都變成隱士。住在此地十年如一日，鄰居見面的次數區區可數。不似往日住在一片整齊的房舍區域，四、五戶人家的房舍都暴露在街道旁。每天一走出門來，很容易遇見所有的鄰居。大家最後都成爲很熟的朋友，來來往往。

中國有風水之說，居家環境對人的心理狀態確實有影響。住在這種隱居形式的環境，愈來愈不愛出門。人在隱蔽的環境裡住久了，有點自給自足、不假外求的味道。常常看不見鄰居，變得也懶得和人打交道。對面的鄰居太太其實很熱情，幾次在門外相見搖手呼喚，叫我前去玩耍。給我看她的女兒收養的東方兒女的照片。與我談她自我催眠的驚人能力。其他的鄰居，大部份都不相往來。記得一九八九年大地震，我一人在家，在世界末日來臨一般的天搖地撼之後，四周一片死寂無聲，也不見一個鄰居跑出來，也沒聽見一聲尖叫。我好像是魯賓遜在荒島上經歷了一場大地震一般，如果沒有第二人作證，還眞以爲這只是一場地震大夢呢。

我們住家左手邊的鄰居是最接近的一家，他們家的二樓幾扇窗戶面對著我們的前院。他們的廚房與飯廳也很接近我們的車道。去年，原先居住的一對夫妻退休搬走，把房屋賣給後面的莫理森老先生。老先生把這棟屋子又給了女兒女婿居住。如此，老人家有女兒就近照料，兒孫圍繞，其樂融融。這對年輕夫妻有一個三歲的金髮小兒，名叫泰諾。並且蓄養了兩隻貓咪。一隻短黃毛長相莊嚴的老貓名叫喜靈兒。另一隻比較年輕毛蓬蓬大眼睛的大白貓叫做羅密歐。這戶人家很熱情，名叫克里斯的男主人經常帶著泰諾從後院的樹洞間來到我家後院，與我們同坐草地上玩耍聊天。他們的貓兒與主人氣質相似，喜靈兒幾乎每天早晨都來到我家前院曬太陽，看來比我們更像主人，更懂得享受人生。羅密歐則在黃昏時分慢騰騰的來到我家後院，坐在院中央沉思。有一段時間久不見喜靈兒的蹤影，還以爲一日澆花淋到了牠，牠記仇不來了。後來聽克里斯說起，原來喜靈兒過街時被汽車撞掉，牠用最後一口氣爬回家，倒在自己最愛的一個角落裡嚥氣。克里斯說著，眼裡有隱隱的淚光。

自從克里斯成爲我們的鄰居，經常聽見他在院落中陪伴泰諾玩耍呼叫愉悅的聲音。他沒事就會跑過來說說話、送我們兩顆自種的蔬果。聖誕節來臨、他捧著自製的柿子蛋糕給我們嚐。他的熱情，打破了我們隱居的氣氛，經常覺得有鄰在側，並不寂寞。相形於右側的努能家庭，克里斯一家眞是溫暖多了。努能家每年到了夏日，總會舉辦幾次晚會。從隱密的暗夜樹叢裡，傳來隱約的笑語歌聲。努能先生只來過我們家一次，主要是詢問我們是否想蓋二樓。如果我們蓋了二樓，勢必破壞他家的隱蔽性。除此之外，他似乎毫無寒喧友善之意。如此鄰居，眞是不來往也罷。對待他們就繼續當隱士下去吧。

仙與俗

之一　山裡的女人

「仙」這個字讓人感覺很飄逸、輕靈。一看見「仙」，我就有一種很清、很淡、出塵的感覺。

有一天，把仙這個字拆開來，看見了一個人，一個山。這個山字，忽然使我失去了那種飄然輕盈的感覺。或許，山這個字帶來太多的土石，太龐重的外觀，色調又太泥黃了。那種仙的靈妙感覺就忽地消滅了。然而，我立刻想起，仙人似乎都是住在山裡的。

我認識一位女人，她住的地方，必須開一段彎彎曲曲的山間高速公路，出了高速公路，還要在山裡轉幾個彎，上攀下行。她住處的屋子不大，屋子裡，陽光的窗前放滿了各種小花，起座間堆滿了各種玩具動物，壁爐上也放滿了水晶、瓷器與各種小飾物。起坐間面對著滿山滿谷深淺的綠意，站在她的起座間，感覺到周遭無聲的包圍了我。唯有小松鼠在近陽台的大橡樹上迅速的爬行。廊簷下掛著餵鳥的大食瓶，五、六個供食的瓶口，吸引了許多山間鼓翼的鳥兒。有時，還有孔雀來到她的陽台。冬日雨後，山間湖水高漲，山谷不遠處波平水清。雖然我到過她的住處許多次，每一回，山谷裡的風景都使深深吸引了我。

我尾隨她上樓，看著她飄飄的裙擺下，那對纖小無比的雙足。然後，我們坐在樓上窗前安靜的角落裡，談的都是一些超凡的事情。如果我不提起昔日談到的事情，每次我們的對談，對她好像都是嶄新的一頁。與她談話，經常都使我的精神提升。

有一天，我到超級市場買菜，眼神閃處，忽然看見她在過往的一部車裡。當時，我的感覺忽然很驚詫。我發現，自己對於她的「降落凡塵」產生一種愕然：「她怎麼也需要來買菜？」然後，我們在超級市場裡相遇了，她的面容疲憊，想是經過勞累的一日，完全失去了平日在山裡那種清淨出塵寧靜的氣氛。

有一次上中國市場買菜，碰見一位從事地產工作的朋友，我們只是見過面，交往不深。她見到我，僅不住脫口而出：「你也要來買菜？」當時我有一種很怪的感覺，難道自己在別人心目中如此的隔隔不入嗎？後來想想，她乍看到我在買菜的感覺，可能就像我看見山裡女人來買菜的感覺一樣吧。或許，我這個不愛社交的人，竟日寫一些與柴米油鹽沒有關係的事情，難怪在她心中無法把我與買菜連起來。有一位寫詩的文友，告訴我她上市場買菜也遇見人對她這麼說。

但是，我知道自己是成不了仙的。如果要教我搬到山裡，我是既怕黑又嫌不方便。一位朋友曾對我說了句很妙的話，她說：「你既然住得靠近山，何不真正住到山裡？要不然，你就住到城裡，不要住在山腳下面。」或許這只是一句無心之語，不也隱隱反映了我的生活狀態。既不仙又不俗，既不入又不出。

這位住在山裡的女人，後來接受了一份特殊學校的教職，她是一個靈感很高的女人，她的能力用來幫助需要特殊照顧的孩童，特別的有效益。我很高興她下山來輔導這些孩子們，她的生活似乎更圓滿了。

之二　家務事

從小到大，家中一直有傭人。初出國，在西雅圖華大念書。有一年冬天留在學校裡，因為一點飯菜都不會做，啃了好久的餅乾與蘋果，最後都啃怕了。那些同學們，連男生都很會做菜。只見他們在宿舍廚房裡各顯身手，而我對做菜簡直是毫無概念。我的媽媽這輩子沒下過廚房，因此，我也缺少「耳濡目染」的機會。

剛結婚時，我連電鍋都不會用，最後把自動煮飯的大同電鍋都弄壞變得不自動了。他從來也不逼我學做菜。我們住在公寓裡，他去上班了，我白天也沒事做，就把食譜拿出來研究。記得第一次把肉與青菜炒熟，感覺很不簡單，居然做出可以吃的東西了。後來，就拿著食譜研究，把所有材料都買全了，然後按照食譜的教導，一步步的做下去。這個做菜的實驗一開始，突飛猛進，最後竟然還做出一個冬瓜盅。並且實驗牛肉乾，牛肉滷好切片，在烤箱裡用低溫烘烤很久，保持住肉乾的潤澤。當時送給一位香港鄰居太太，她的先生吃過，竟然以爲是店裡買的肉乾。

婚前，姊姊問過我會不會做菜？我也是懶洋洋的說到時再說，她看我一付什麼都不會的野人模樣。事隔多年，想做菜其實也不是什麼太困難的事情。只是那些事前的準備與善後的收拾處理，在美國這個勞工難覓的國家，這才是煮飯婆最辛苦的一樁事情了。美國家庭主婦永遠難逃的事情，就是買菜、煮飯、洗碗……，這些一年到頭永遠做下去的俗務。有一段時間，非常討厭上超市買菜。永遠相同的菜樣，不是牛就是雞就是魚，不是蘋果就是橘子就是香蕉。生活就像是這一成不變的超級市場，明亮的超市，供應完整的食物，卻是如此的機械化與單調，這種買菜心情也反映了當時生命內在的空虛。

有說「見山是山」，然後「見山不是山」，又回到「見山是山」。經過了幾重生命的山山水水，回到了原點。感悟人生不就是如此，尋求外在的變化與刺激，終究是不可靠、易變、有時又要付出相當的代價。最嚴重的代價是一顆失落的心靈。因爲這顆心習慣依靠外在的電光石火來吸取能量，而不能從自己的內心或生活的簡單事務尋找快樂。漸漸看透了一些，內心也成熟穩定一點，對買菜、煮飯、收家這些平凡機械的家務事也有了另一種態度。其實，人生就是「做一天和尚敲一天鐘」，既然身爲家庭主婦，每天就是實實在在的把身邊的家務收拾好，在清潔家庭的當兒，似乎也將自己的身心再度清淨一下，並將心靈再度納入生命的正軌。前往超市買菜，看見各種各樣豐沛的食物，不僅心存感激這些將糧食耕種製造運送給我們的工作人員，缺少了他們的服務，我們的生活怎可能如此的便利。

有些人愛做菜，討厭洗碗。其實，我一直不討厭洗碗。我挺喜歡洗碗時那種接觸熱水的感覺，尤其是冬天來臨，在熱氣蒸騰的水龍頭下清洗碗筷，有一種溫暖的感覺。而愛思愛想的我，經常在洗碗這件單調的事情裡，腦筋得到了休息。有時，我利用洗碗時間聽錄音帶。有一次，聽見美國心理治療師湯姆斯・摩爾（Thomas Moore）談到簡單生活的藝術，他提到洗碗這件事，他也喜歡洗碗，喜歡洗碗帶來的那種簡單、安靜、清淨的感覺。聽見他的話，我不僅感到很開心，畢竟這份小小的心情，得到了一點共鳴。

留白

有一天，在譯書的過程裡，忽然思索起英文的 Occupy 這個字眼，與 Occupation 之間的關連。前者代表的是佔據或填滿，後者代表的是職業也是佔據。那麼，我忽然間醒悟到：把我們佔據得最厲害的東西，就是我們的職業了！

人名與命運不知是否有特定的關係或是巧合，在這個剎那的反思中，我更感覺到自己的生命似乎與文字結下了不解緣。每天、每月、每年，我的時間都埋藏在成千上萬的字裡面，不論它是自己創作的文章，或是翻譯他人的智慧結晶，都是許許多多的文字。文字被我運用，我也活在它的佔據與填滿之中，這眞正是我的職業了。

曾經聽過一句話：「一個職業的意義，就是你一早起來後，所喜愛去的地方，所喜愛做的事情。」

春暖花開，春陽普照，正是在原野林間散步的好時光。走在鄰近的住宅區裡，巨樹伸展著姿態萬千的枝莖芽葉，花樹上可見點點的待放含苞，紅粉的梅花已紛紛鬧在枝頭，野地裡的小黃花也親切的點綴著綠色的草原。院落裡的蘭花，蟄伏了一個雨水充沛的冬天，令人歡喜的竟然孕育了十幾枝花苞。二年未開花的粉紅杜鵑，生氣盎然的結了一樹的小花。似這般良辰美景，我倘佯了片刻，又忙著回到文字世界裡面去了。

或許，漸漸體會古人所說：「書中自有顏如玉，書中自有黃金屋。」但是，可能也快要變成一個書呆子了。書呆子的形成，就是因爲日日唸書，一切只從書中獲得，缺少了生活的經歷。

生活如果是一幅畫，那麼，眞的需要「留白」。

一天之中，不能不斷地被工作所佔據，隔一段時間，就要舒鬆一下筋骨，走動一下，讓頭腦清靜一會兒，再回到工作中。否則，一坐數個小時，背也彎了，眼也花了，失去平衡，身心靈俱病。不論從事的是什麼性質的工作，佔據太多反成迷，變得和打電動或坐麻將桌也差不多，追求成就與獲得的名利心，即使從事的是藝術、知識或是修練，也變得物質化。因此，每隔一段日子，應該給自己一個休假的時間，把所有事情都完全放下來，徹底的讓身心靈充電，給它一個提升的餘地。

有一位作家撰寫一篇故事，寫到後來沒了靈感。有人勸他去「世外」清靜一段時間，他聽從了，果然，他閉門靜修了一段時間後，靈感源源不絕，終於把故事寫完了。有位科學家，他研究一個問題，花了長時間在實驗室裡，幾天幾夜，也解決不了難題。他累壞了，到山野徑道走路散心，沒想一休息一放鬆，難題的答案竟然靈光一現，不求自來。

去年曾經去山裡閉關了三個禮拜左右，回到家裡，把翻譯了一半的十九世紀古典作品，俄國行腳僧朝聖的經歷，拿出來重讀一遍。忽然有感，書中的字字句句，攜帶著前所未感的光芒與能量，同樣的字句，落在比較清明的心地之中，竟然分外的深切與貼近心靈，我的眼睛，彷彿突然被擦亮了一樣。

留白就是一種「空間」。不論是生活、文章、做人、畫作等，有了留白，才有意境。它是一種完全停止被佔據的過程，在這種製造出來的空間中，超越了語言文字，使人聯結到深心處的一股力量。一旦再回到原先佔據自己的事物中，思想、聯想與靈感反而都增加，展現一片新天地。

自然之美

之一　爐火

加州供電危機，電費上漲。這個冬天，幾乎每天都燒壁爐取暖。白天裡，我一人在家，穿著套頭羊毛衣，外加一件毛海毛衣，腳丫塞入綿毛拖鞋。除非是特別寒冷的日子，這麼穿衣，就不冷了。

燒壁爐的時間都是黃昏五點左右，這時氣溫下降，偌大的房屋開始冷颼颼地，確實需要生火了。我揉幾團報紙丟進壁爐，放兩塊點火用的油質木塊，堆上二、三塊橡木。很快地，爐火就升起了。不久，我們晚間活動的重點地帶：起坐間與廚房，都溫暖了起來。燒壁爐不但省電，而且火燄溫度特別的舒服。冬天裡，坐在雄雄的火爐旁，靠著軟墊子，腿上蓋條小毛毯，在燈光下，閱讀自己喜愛的書籍，這是最美好的時光。極冷的時候，暖氣機雖然使人免除凍縮的難受，卻無法供給爐火那種讓人舒服的可以打盹，寧靜的想要看書的溫暖氣氛。

冬天過去了，望著此刻黑洞洞的壁爐，不僅懷念起冬日圍爐讀書的歲月，時間怎麼過得這麼快。更令人愉快的是，爐火又幫助我打贏了省電的勝仗。

加州隨著能源危機，百業蕭條。不再日日聽見或看見報章雜誌報導：矽谷又有一個大富翁在隔夜誕生。馬路交通很明顯也輕鬆一些了。這種減縮之氣，與省電的感覺同樣的清簡。大地萬物似乎都進入休眠了。不再聽見那些忙匆匆、喧囂、令人緊張、不斷競跑、不安寧、靜不下來，每個人都蠢蠢欲動的聲音。這種感覺其實也挺舒服的。不再那麼著急、焦慮、浮華、誇張、不安……。

矽谷的整個步調慢了下來，隱隱也偷得浮生半日閒。

當然，我們還是期待著百業的復甦。溫和的成長，就像冬日過後綠葉自然而然的萌芽。寧求和緩與安定，不要突變與暴漲。

之二　蘭花

從大量繁植蘭花的中心，接連買過幾次蘭花。有一年夏天，買了好幾盆蝴蝶蘭，眼看它們在蘭花中心綻放得千嬌百豔，拿回家裡卻日漸枯萎。當時想是否家裡的夏季室溫太高，而這些蘭花在蘭花中心，每天有合適的溫溼度，又不斷有電風扇吹著，拿回民宅自然難以適應了。

近日又到蘭花中心買了一盆蘭花。由於是冬季，心想蘭花嬌客此次應該比較容易適應民宅的溫度吧。誰知這盆蘭花買回來後，四、五個含苞待放的花蕊竟然久不開放。記憶中，在其他養蘭的店鋪買回的蘭花，從來沒有這種不開放的記錄。從聖誕節買回這盆蘭花，至今已是三月了，這些蘭花苞沒有一朵是「自動開放」的，我用「自動」這個字眼，實因所有的蘭花，最後都是我用手一瓣瓣的將它們剝開來的。這實在是我從來沒有經歷過的最可笑的蘭花經驗，那種感覺就像是作弊一樣。然而，如果我不動用人力幫助這些蘭花開放，看樣子，它們是永遠無法自動打開來了。

這種蘭花經驗，使我感到非常的懷疑，不知這個龐大的養蘭中心是用什麼方法促使蘭花不斷的開放。最後，當蘭花來到一個完全不同的環境，它們竟然完全失去了自然的規律，無法繼續的繁榮，甚至無法開放了。

昔日在其他店鋪購買蘭花，不論是什麼季節，將蘭花帶回家裡擺置，它們都開放得很順利。每一個花苞，從大至小，都綻放得完整又美好。而從這個大量繁植蘭花的中心帶回的蘭花，幾乎都是開得既不好，甚至無法自動開放了。擾亂了蘭花自然生長的秩序，過度的刺激它們繁植，最後，它們竟然完全失去了本然的力量。

老

一個獨處的夜晚，忽然想著如果今生將永遠獨自生活將是什麼滋味，老比爾正好打電話來。他從五十幾歲離婚後單身至今，行將八十三歲。他住在汽車拖拉的活動房屋，有一位室友，平日各做個的，連廚房都不分享。他有兩個兒子，雖然都未婚，大家不住在一起。

我問他：「你有時感到寂寞嗎？」

他說：「噢，我曾經寂寞。但是現在已經不會了。」

「你平常都做些什麼呢？」

「我參加老人中心的活動、學太極拳、看書、冥思、上網、參加佛教的法會，我有很多事情可以做。」

「你和妻子爲何離婚呢？」

「當年我學佛，她是基督徒，無法接受我的信仰，所以我們離婚了。但是她現在已經接受佛教的想法，也覺得很好。」

「她再結婚了嗎？」

「沒有。」

「那你們何不再住在一起？」

「噢，那已經是不可能的事。我們分開這麼久，彼此都有不同的生活方式了。我們就是很好的朋友。」

「你一個人生活，如果生病需要去醫院，是誰帶你去呢？」

「我自己乘巴士。」

「但是你如果病了，怎麼可能自己乘巴士呢？」

「可以的，我大部份都是去做一些檢查。」

「所以你並沒有得過什麼嚴重的病。是嗎？」

「還好。如果我眼睛看不見就比較困難了，我的前妻就只剩下一隻眼睛的視力了。但是她還幸運，沒有全部失明。」

「你平常是否自己煮飯呢？」

「不，我都是到老人中心吃飯。這樣還比較節省，也很好吃。」

「你在老人中心是否認識一些朋友？」

「是的。但是現代人都十分疏遠，人們大半和自己的家人來往，不會和別人太親近。」

「你剛說常上網，你寫很多伊媚兒嗎？」

「噢，我寫的都很簡短。我沒有辦法寫太多了。」

老比爾曾經在英國牛津大學讀文學，記得他昔日寫起文章來辭藻豐茂，正典古雅。如今，我發現在談話的過程中，他比以前更常有聽不清楚我在說什麼的時刻。我必須緩慢簡明大聲的和他說話。他又告訴我最近有眼皮墜落的問題，可能需要去做一個手術，他有點擔心手術是否成功。

老比爾是我們的佛教同修，認識他已經近二十年了，眼看大家從青年進入中年，中年進入老年。時光匆匆，生命的過程就這麼一步步的推進，每個人都逃不掉老化的過程。逐漸的退化，好像一部機器在慢慢失靈、解體。從老比爾身上，我發現人還是有適應力的。他獨身多年，有自己生活的導向，他並不感到寂寞。曾經有人問過我，沒有孩子的日子怎麼過，有孩子的人家或許很難想像沒有孩子的滋味。其實，沒有孩子的日子，還是可以過的豐富充足，有許多自己的空間，做自己想做的事情。正如有伴侶的人難以想像獨身者如何過日，這就是我對獨身生活的疑問。而我們沒有伴侶以前，也都度過單身的歲月。結伴之後，天長地久，竟然忘記單身生活應該怎麼過了。其實，我們每個人都是孤獨的來到世界，最後不是也將孤獨的離開嗎？

臭鼬鼠

到了美國以後，似乎才注意到臭鼬鼠（Skunk）的問題。這種臭鼬鼠大概只有住在接近山區的人家才會遭遇到。初時的印象，只是開車時偶爾經過荒郊野外的地區，聽見同車人喊叫「Skunk!」。連怎麼個臭法，有時都還沒有聞嗅清楚，車子就開過去了。所以居住美國多年，一直還搞不清楚臭鼬鼠是怎麼一個臭法。

自從遷居到山腳下居住，車行經過這個環山的住宅區，偶爾開始聞到臭鼬鼠味。聞嗅過幾次以後，漸漸有點知道牠是如何的臭法。由於大都是開車經過臭鼬鼠發散臭味的地帶，掩鼻一下車子就飛馳過去了，因此還算堪忍。然而住在山區，有幾次夜裡，大概是遭遇臭鼬鼠下山，從我們的院落裡經過。那種滋味，可就不能與車行經過的輕描淡寫同日而語了。

有幾次夜裡睡得糢糢糊糊醒來，聞到臭鼬鼠的氣味。或許牠是從房側的院落經過，雖然到了清晨臭氣仍然瀰漫空中，隔了一陣子也就消逝了。

一個晚上，我們忽然聞嗅到强烈的臭鼬鼠味道。形容香氣是「襲人」，這臭鼬鼠可是不折不扣的「薰臭」了。牠的鼠尾一陣掃過，留下像是臭豆乳瀰漫在蒸熟的空氣裡，那種堅持的、不散的、凝結的、彷彿毒氣散佈似的異香奇臭。我們的周遭被這世間獨一無二的臭鼬鼠毒氣完全籠罩，實在沒辦法睡覺，只有爬起來另覓睡處。看來這臭鼬鼠大概是行經房子的右側，於是我們搬著棉被逃亡到其他房間，一間間的走過，決定房屋左側應該沒有什麼臭味。不想鑽入被窩沒有多久，空氣中又充滿這種刺鼻的薰臭。這已經是居處的「最後防線」了。沒辦法，只有把頭用棉被掩蓋，迷迷糊糊的睡去。

次日清晨起床，全家都是臭鼬鼠的味道。沒有一個角落倖免。這個臭鼬鼠究竟是怎麼來的，實在是令人大傷腦筋。山區裡偶有田鼠出沒，有一陣子一隻田鼠經常來到車庫或門前，甚至從忘記搖下的車窗爬入汽車亂吃亂咬。我們買了一個老鼠籠，把草莓放在老鼠籠裡，次晨果然見牠乖乖入甕。於是把被逮捕的牠送到遠方放生。但是，臭鼬鼠，天啊，誰敢抓臭鼬鼠！而且，牠是什麼生活形態，誰知道牠是如何出沒的。

他到屋外四處巡察，不知是否有一隻臭鼬鼠死在這附近的田野裡呢？當他正在東張西望，我探頭屋外，忽然發現屋後下方通房屋根基地的小門打開了。我猛然醒悟，趕快喊他來看。他從打開的小門鑽入屋子底下。觀望了一番，出來報告。他說，在小門入口確實瀰留著一股鼠臭，但是地基裡沒有什麼味道也沒有臭鼬鼠的痕跡。但是我們主屋正下方的地下室裡卻鎖住了滿室的鼠薰臭。我們推斷，昨晚臭鼬鼠必定是從被風吹開的小門跑到地基部份，然後放了一個大臭屁。但是，爲什麼所有臭味都凝聚在牠進不去的主臥下層的地下室裡呢？他說，不要忘了暖氣管通地下室，臭氣一定是通過暖氣管過去的。這臭氣竟然瀰漫全家，實因氣味已從每個房間的暖氣出口放散出來了。不管是什麼理由，我們很高興發現這個打開的小門是肇事主因，至少有個杜絕後患的方法了。他把小門用木條釘牢鎖緊。然後，全家的門窗全部洞開散臭。連盥洗檯下面的水管道都臭氣薰人，打開窗戶都不足以除臭，冷颼颼的冬日氣候裡，不但不能關閉門窗保暖，連電風扇都拿出來大吹。地下室的大門洞開，電風扇也吹了一整天除臭通氣。

臭鼬鼠究竟長什麼模樣，根據字典的描寫，臭鼬鼠是有毛絨尾巴的哺乳小動物，毛黑色，背上有白條紋。當牠遭受侵犯、折磨或性騷擾時，發放出污穢惡臭的液體。我想著，不知是誰侵犯了牠，還是對牠做了性騷擾，害得我們當代罪羔羊，聞臭。臭鼬鼠的來臨，心裡不由得浮起一句英文「Pissed Off」。這輩子從來沒有感覺過如此的 Pissed Off。或許我們做人的階段裡，曾經也當過別人的臭鼬鼠，那種加諸他人的「情緒臭氣」，可能也將人家氣得七竅生煙，有口難言，「Pissed Off」的不得了，恨不得抓隻臭鼬鼠丟到我們家的後院報仇。這場惡穢臭，竟帶來另一種精神上的反省，做人切忌變成人家的臭鼬鼠。

冬季經常都是動物冬眠的時候，每年冬天的來臨，我經常不知不覺向動物看齊，最後變得無可救藥的怠惰。這場臭氣逼得我不得不將門戶洞開，寒冷又發臭的屋子，任誰也不願再呆在家裡，上山聽道去也。或許這隻臭鼬鼠是菩薩派來薰香一番，將我的懶惰蟲趕走，否則繼續冬眠下去，以後是否還能當萬物之靈，足可堪憂。而這場又寒又臭的折磨，好像將人的精神意識也提高起來，彷彿是被敲了一記臭棒後，趕快清醒了過來。

告訴台北的妹妹臭鼬鼠跑進家裡的地基部份，搞得全家大臭。不知用的是英文伊媚兒所以她沒看懂，還是居住都市一輩子的她對臭鼬鼠毫無概念，她竟然說看過一部電影裡面的主角身邊經常帶著一隻 Skunk，我竟然會害怕一隻 Skunk。我說你搞清楚沒有啊，是發出可怕臭味的 skunk，我不能相信還有人敢四處帶著一隻 Skunk。我說：「你莫非以為是一隻玩具狗熊!?還不趕快去查字典。」

臭鼬鼠來過以後，好幾天都狐疑著一些地方還殘存著毒氣殘跡。擔心著這隻臭鼬鼠以後會不會熟門熟路沒事就來出沒一番。他雖說著不會，卻回憶起昔日有一位住在柏克萊的美國同事，有一陣子臭鼬鼠經常出沒他家附近，臭氣騷擾得他不能睡覺。於是他老兄就拿著一把獵槍坐在屋外等待，是夜臭鼬鼠又鼠頭鼠腦的來臨，他就老實不客氣的一槍把牠轟上了西天。佛家說不可殺生云云，因此我們面對臭鼬鼠來臨只能消極防禦無法積極殲滅。但是經過了這場臭鼬鼠之難，我們眞的頗能同情那位仁兄最後只有使出這個下下策的心情了。

怕

一次在聚會中，聽見一位文友說她怕「老鼠的尾巴」。有人問她怕不怕松鼠的尾巴，她說不怕。聽見她的話語，不僅想起自己的一個經驗。

我的院裡放了一個餵鳥的食盤，經常放一些白米在裡面。附近的藍鳥、小麻雀常來吃食。隔了幾天來看看食盤，發現那些米粒都被尖尖的鳥嘴咄得碎碎地。有一天，我把吃剩的麵包撕碎放在食盤裡，等待鳥兒來吃。當我坐在陽光普照、風和日麗的庭園裡，忽然發現有一隻拉著長尾巴的小老鼠從茂密的樹叢裡面跑出來，牠匆忙的用小嘴銜起一塊麵包屑，然後就溜跑回樹叢裡，不久立刻又跑出來，再銜一塊麵包屑跑回樹叢，如此來來回回許多次，運走了許多麵包屑。這時，近處的小鳥都在牠的强勢力量下，被擠到一邊去了。

當我看見這隻小老鼠的出現，全身血液好像凍結了一樣。這個美麗的日子，原先充滿了陽光、和風、小鳥、小松鼠，如狄斯耐樂園一般歡樂的院落裡，因爲這隻小老鼠的出現，忽然變得非常的骯髒恐怖。我趕忙移師回到屋裡去了。從此，我再也不敢在院中放任何會招引老鼠的食物了。

這個經驗，使我思索與自問。我爲什麼這樣怕老鼠呢？其實卡通片裡不是經常把小老鼠畫得很可愛嗎？而小松鼠不也是一種四處亂跑、鑽來鑽去，拉著一條長尾巴的鼠類？我爲什麼不怕松鼠如怕老鼠呢？爲什麼一隻這麼小的老鼠的出現，就足以使我血液凍結，完全破壞了我在院落裡歡喜的心境？難道是因爲小時候看見陰溝裡肥胖骯髒的大老鼠，使我開始害怕老鼠？我想不通。我只知道，一看見老鼠，我在一陣大聲尖叫後，就四肢鬆軟、完全的癱瘓了。

每個人怕的東西不一樣。有人怕老鼠。有人怕毛毛的動物，因此，一看見貓狗就要害怕。然而，對於不害怕的人來說，他們蓄養小老鼠，摸牠、抱牠。愛貓狗的人就更多了，有些人還讓狗用自己的浴盆，讓狗上床一起睡覺。曾經到一位愛狗的朋友家裡，她蓄養了四條特大號的狗兒，在小小的屋裡四處走動，主人客人轉身之處，都是狗的蹤影。她用剛摸過狗屁股的手拿點心給我吃。這些大狗的嘴巴正好夠得上桌面，呼吸之間就從我的茶杯上面掃過。我緊張的在她的客廳裡坐了幾個鐘頭，什麼也不敢吃。我也曾養過一隻狗兒，她以爲我是同好。然而，我再愛狗兒也不可能如她這般的愛啊。

翻譯了一本名爲「雪洞」的書籍，描述一位英國女尼丹津·葩默在喜馬拉雅高山居住洞穴修道十二年的故事。高達一萬三千二百英呎的雪山上沒有人，卻有各種動物。夜裡有狼在她的洞穴頂上哀嚎。一天早晨，她坐在洞穴外面曬太陽，有五隻狼來到近距離內，站在那兒凝視著她。她高興極了，送給牠們很多的愛。五分鐘後，狼群離開了。她曾在土地及窗台上發現雪豹的足跡。經常來造訪的就是鼠類，包括大頰鼠與老鼠。牠們吃她種植的捲心菜與豆類，跑進她的儲存室偷吃穀類與乾蔬菜。她用籠子把牠們抓起來送到屋外，觀察這些鼠類的各種表情。有些老鼠非常害怕躲到角落，有些發怒咆哮企圖扯開牢籠逃亡。有些把小爪子放在鐵欄上，伸出小鼻子望著她，讓她撫摸。她覺得老鼠非常友善可愛，每隻老鼠的表情都不樣。還有一種貌似黃鼠狼的貂鼠，灰身白頭，大眼絨尾。貂鼠非常聰明，牠們打開廚房窗戶，揭開長柄鍋蓋，把包裹麵包的布掀開，偷吃麵包。另一個訪客是一隻小鼬鼠，牠看見丹津・葩默時本來想要逃走，後來又決定留下，勇敢的與她接近。她說：「牠快步跑向我，站在那裡抬起頭來。牠的個子好小，我對牠必定是龐然大物。牠就站在那裡看我，然後，牠忽然興奮起來，牠跑回欄杆處，開始在上面盪秋千，牠倒掛在那裡，不停注意著我有沒有一直看牠，牠就像個小孩一樣！」

閱讀這一大段話。小老鼠變得像狄斯耐卡通片一般有趣可愛了。丹津・葩默的心裡一點「怕」也沒有，她的字裡行間流露出許多的感情，她其實很愛這些動物。

記得小時候有一次到阿姨家玩耍，當時他們蓄養了一隻白狐狸狗。我坐在那裡，白狐狸狗蹲在不遠處的地上。年幼的我，心裡一直害怕著這隻狗，怕牠會咬人。我神經緊張的不停看著牠，擔心著、害怕著。最後，這隻狐狸狗突然咆哮起來，兇惡的對我衝過來。

動物是非常敏感的，牠們接受訊息很迅速。如果我們愛牠，牠就不會攻擊我們。如果我們怕牠，牠很快就感覺到一些東西，進而對我們發動攻擊。因此，有說上街最好不要隨便看人(尤其面貌兇惡的人)，看多了人家會打你，大概就是這個道理吧。

眾生平等

曾經對不殺生的朋友們對小蟻小蟲也要緊緊張張，感到有點吹毛求疵。有一回請教一位虔誠的朋友，理工科出身的她舉例解說：「兩個小點，一個沒有生命，一個有生命。沒有生命的不跑不動。但是，你去追捕有生命的東西，它迅速逃跑。」

她的分析很特殊，我一直記憶在腦海裡，但是，我體會不到她所體會的心境。

夏天到了，風吹在皮膚上熱哄哄的，寒涼了這麼長久，一旦感受到這種暖氣房似的熱風，還有點熱帶風味。熱浪眞正來臨了，有時眞夠焦燥，而且，小蟲一下子多了起來。不知從何時開始，身上突然長出一堆紅點點，沿著肚皮一帶、身後、腿上、腳背、手臂、手面、甚至是腳趾與手指的關節也被侵犯。一天午夜，被這不知名的什麼東西搞得癢醒過來。這些紅點點先是發癢，然後結出一個小水泡還是痂狀的豆粒，可以讓你癢痛個幾天。

本來還猜測是否身體內部不調引起的皮膚過敏。觀察分析，恐怕是被外在蟲咬的成分居多。一個早晨，腳跟附近有點刺刺的，居然抓到一隻小黑點似的東西，小的好像胡椒粒，捏著它，居然還會蹦跳，硬得很，捏幾下也不死，最後拿到水龍頭把它沖走了。

打電話給滅蟲公司，根據我對小蟲的形容，滅蟲公司的人不否認可能是跳蚤。但是，他建議我還是先去看看皮膚科醫生，他好心的告訴我：「我們的程序是，地毯部分全部消毒，硬木板部分就比較難處理，而且屋外也要噴灑藥劑，你要花好幾百塊錢，而且，我們實在不願看見你經歷這種……。」言外之意，恐怕是很痛苦的過程。

看過了醫生，他的判斷是寄生類的小蝨蟲，問家裡有沒有貓狗，說這種蟲是看不太見的，教我把下兩周要穿的衣服全部拿出來用熱水洗過，不穿的衣服用塑膠袋一包包裝起來，灑掃家庭，清洗被單棉被，地毯多吸塵幾次也有幫助，晚上睡覺時從頭到腳全身抹上藥膏。

回了家，把所有棉被床單枕頭罩都扯下，所有衣服都丟去洗，洗了幾籃的東西。睡床拉出來，吸塵床下的地毯，灑上清潔消毒的泡沫，用刷子刷，四小時後再吸塵，活動的地毯搬到院裡曬太陽；收拾清潔了一整天，累的感謝上帝，我們總有一天要死掉。

從此看見任何小黑點都心驚肉跳，手臂上的黑是一絲灰塵還是一隻咬人的蟲，洗澡水面飄浮的黑線粒是不是被水淹沒的蟲屍，水龍頭下會動的小黑點是蟲動還是被水流推動。逐漸老花的眼睛又看不清楚這些是活物還是無生物，又捏又摸的，不知這些小粒粒會不會突然伸出細細的毛腳，會不會猛地蹦跳起來。

夏天剛開始，屋裡一下子多出好多小粉蟲，看到那些小黑物停在廚房櫃面，我總是不猶豫的一巴掌把它們送上西天，小蟲小，好像比較接近無生物，這條生命的有無，似乎沒大關係。我終於覺悟，許多致命的疾病，其實是由眼不可見的細菌帶來的，吃人的獅子固然可怕，你至少還看得見它，你如果有槍還可以先發制人，可是那些小得看不見的菌，一旦進入你的心肝肺臟，你要賠上的就是一條命。小黑點很小，它會動，它就有能量，它的能量超過你所能想像的。

家裡洗乾淨了，藥膏生效了，還是自己對小蟲的存在有了尊重，身上漸漸不再被侵犯，站在洗衣機旁，我又看見一條纖細得像灰塵一樣的小東西，仔細看，它是活的，會扭會動，我的手指在它的近處移動，它感覺到了，趕快逃跑。我把洗衣機的蓋子蓋上，開始洗衣。小纖蟲從蓋子接縫處逃走了。我知道它的生命一點也不比我微弱，它不惹我，我也不惹它。

一朵花一世界

在人生的旅途中，每個人都曾經有過多少朋友。從小到老，我們有機會結交各式各樣的朋友，而每個朋友與我們的緣分又各個不同，有的朋友與我們聚散如浮萍，有的朋友卻能夠遠隔千里重洋，卻牽連不斷，最終依舊常相左右。

隨著年齡的增長，愈加覺得每一個朋友，都是值得我們全心珍視的，只因爲我們同樣的分享了生命，呼吸在這相同的靈性與物質世界的命脈之中，我們從每一個朋友的心深處，似乎都可以感受到相同的喜怒哀樂憂悲，每個人追求的目標看似不同，追溯到極終點，卻都同樣在追尋人生的喜樂，亟盼能夠給予並獲得人與人之間的愛。

朋友的相處之道，卻是需要學習的。因爲人性是軟弱的，因此，每個人都具備了不同的長短優缺點。人們結交朋友之初，有時會對朋友抱太大的期望，或因爲過去與人交往時不愉快的經驗，在交友過程之中，發現他人未符合自己的期望，或發生意見的衝突，感情上的誤會，便保護自己的把所有的情誼都收回，或是以過去失敗的經驗，來下了斷語。當看見他人在某件事情上犯的錯誤，又執著於這項錯處，把這個人的整體價值都否定了。有時候，朋友會問我：「是否我的交友標準太高了？為什麼我總是遇不到一位好朋友？」

凡是聽見這種言論，我知道不久之後，我也不能成為他的朋友，因為我實在也是不圓滿的，一位朋友如果不能看透這點，而以包容的心來對待朋友，並且客觀真實的了解他自己，那麼，要繼續一份友誼是相當困難的。

事實上，當我們得罪了一個朋友時，我們是得罪了整個世界。這句話聽似十分嚴重，得罪了一人何至於得罪了全世界？主要的原因是，一個人無法與人類相處和諧，其實是反映了他自己心靈世界的不完滿，而這份不圓滿的心態，將會反映在所處世界的每一個角落裏面，每一個人的身上。自己也常回想起過去因著無知與心硬，看不見自己眼中的樑木，而這種心態也失去了多少值得珍貴的良朋益友。

所以，當一個人變得孤僻時，他不但拒絕一位朋友於千里之外，他同時，或是逐漸的，也將拒絕這個世界；以及世界上所有的人於千里之外。而一個慷慨又富有愛心的人，他不但愛自己的親人，也將愛每一位朋友與鄰居。因此，當一個人散發出的是冷淡的能量時，全世界都將覺得寒冷，而他散發出溫暖的能量時，連小貓小狗都將跟隨他的身畔。所以，有人說過，你要觀察一個人，最好在團體裏面觀察，看他是如何對待每一個人，一個不能視眾人為平等的人，他即使暫時的對你平等，當客觀因素改變時，難保他不改變自己的態度。

朋友之間發生不愉快時，以誠心來盡力和解是唯一的上策，人際關係是因時因地不停改變的，我們幾日，幾週，幾月，或幾年沒有見到一個人，當我們再看見他的時候，他可能完全改變了，有時候，連相貌可能都變了。他人在改變，我們自己也在改變，昔日的仇敵，可能是今日的盟友，一切事物在分分秒秒之間都在轉換，有什麼是可以執著的呢？

當我們聽見了一些不順耳的話語，或是看見他人與己不同的舉動，盡量給自己給他人一個機會，不要下什麼結論，放下自己的想法，體會對方的心態背景，當我們以他人的心而不以自己的心來思考事情時，我們又得到一個朋友了。

我們與每一個朋友能夠相處和諧圓滿，象徵著我們自己的內心世界達到了圓融通暢，每一個生靈來到我們的面前，都恭敬他如同神祇的降臨，在他的心靈深處，與我們的心靈，與人類的心靈，渾然一體，無法分割。

不再逃亡

我從小愛做夢。

上圖畫課，用蠟筆畫啊畫的，畫出一大群衣衫飄飄的仙女，一朵朵雲彩包圍著她們，仙女彈著琴瑟，吹著笙歌，行走坐臥重重疊疊的樓宇之間。

小學時代，被大人責罵，被老師處罰，就夢想自己忽然變成一個金光萬丈的菩薩，身材高大的顯現在大人面前，準保把他們嚇壞，誰也不敢再罵我。

少女時代，還是有很多夢想，公主王子的夢想啊，居住在世外桃源的夢想啊……。

想到「夢想」這個題目，又想到『飄』這部小說裡面的一段故事。

女主角郝思嘉與她的夢中情人艾希禮對談，經過了南北戰爭，對舊日生活的幻滅感到痛苦的艾希禮對郝思嘉說：「你具有一顆獅子的心，又完全沒有想像力。你從來不怕去面對現實，也從來不像我這樣想從現實生活中逃亡。」

艾希禮所說的話，郝思嘉只聽懂了「逃亡」這個兩字，她立刻大聲說：「你錯了，我也想要逃亡，我一直都為吃喝金錢在拼命，我要拔草，要劏地，要採棉花，甚至要親自去耕種，簡直是一刻都忍受不下去了。我覺得疲倦極了，讓我們一起逃走吧！」

這段故事，描寫出兩種逃亡心態的對比，不能面對現實生活的人物，與能夠在現實生活中奮鬥的人物，當他們的言語境界完全不相同時，能夠溝通的，竟然只有「逃亡」兩個字。然而，他們兩人又都是「夢想者」，一個對幻滅的歷史永遠不能遺忘，一個對於她永遠不能了解的男人癡心難忘，最後，卻都是一場空。

有一天，一位久未聯絡的女友和我通電話，已經晚上十點多了，她的電話背景裡，還是充滿了三個孩子的大呼小叫，她對我說：「有時候，眞是好累，很想逃亡。」

事實上，沒有孩子或沒有結婚的人，有時候，也想逃亡。

世界上大多數人類，其實都在以不同的方式逃亡。

夢想與逃亡，這兩件事情有很微妙的關連。有時候，當人們在極度的孤寂煩惱時，一轉念之間，他就逃亡到自己的夢想世界去了。任何方式的移情，或許是訴諸具體的行動，或許只是意念上轉移，都足以把他從這個實際愁苦的環境中抽離，得到暫時的舒解。所以，當我們在研究一種夢想時，存在這個夢想後面的究竟是什麼東西，其實很值得探索。

夢想與埋想是不相同的。夢想給人的感覺總是不夠眞實，其中又帶有逃避的意味。理想卻是一種實在的東西，它和眞實生活沒有分離。

理想是一種經過了對「小我」的幻滅與棄絕之後，所萌發出與「大我」融合的心境。它不逃避黑暗的現實，也不分別黑暗與光明，因爲黑夜之後，必有黎明。黑暗之中有光明，光明之中有黑暗。什麼是黑暗，什麼是光明，也端看人的心境如何看待它。黑暗正是獲得光明的契機，理想不爲自己製造另一個夢想的園地，它如實的接受人生，它的幸福，就在當下，不必等待一個遙遠不可及的明天，也不逃避到一個只能治標不能治本的事物中，來獲得短暫的麻醉。理想是一種對生命了然後所產生不移的信心，它不畏懼陰暗的勢力。它清楚的照見人生中所有的一切，不加諸任何超過事物本身的虛幻色彩。隨著年歲的增長，愈益覺得無根的夢想，其實是十分童騃的。年紀小的時候，總是嫌棄自己的腳實在太大了，身材又不夠瘦高，沒有一張瓜子臉蛋……，現在，覺得人的每一個器官，其實都被放置在它應該的地方，都合乎生命的原則，都是值得感謝的。它自成一個宇宙。只要你的內心是圓滿的，它就是最完美的組合。

動靜之間

美國女畫家喬奇亞・歐契夫終老的地方不是繁華的紐約，而是名爲「魅力之州」的新墨西哥州。這也是英國大作家勞倫斯尋得最接近宗教的地方。妙境法師經過多年的尋尋覓覓，終於決定將道場遷居彼處。這個高人異士鍾愛的地方，山嶽平野一望無際。喬奇亞・歐契夫從紐約來到新墨西哥州，一住四十餘年，自此沒有回到紐約。喬奇亞・歐契夫居住的地點名爲「鬼牧場」，居處面對著空曠死寂的大地。有一位作者，因喜愛喬奇亞・歐契夫的畫作而探訪新墨西哥，彼時這位作者居住紐約，看見喬奇亞・歐契夫的住處，那片廣大無垠的永恆靜寂，使她開始思索藝術家與「孤獨」之間的關係。

勞倫斯雖然只在新墨西哥州前後居住十一個月左右，卻寫了一篇洋洋灑灑的散文，將新墨西哥州與他曾經前往的世界各大洋洲相比較，他說：「世界上有各種的美麗，但是，足以用『偉大』來形容的美麗，在我的經驗裡，只有新墨西哥州。」他描述新墨西哥州峽谷的壯闊深沉，令人敬畏。雄渾的景觀，已然超越美學的描繪。新墨西哥州的陽光，燦爛不變的純淨，高遠清澈，令人願意將整顆心都奉獻給它。他說：「噢，是的，在新墨西哥，你的心完全奉獻給了太陽。你的人完全空掉了，沒心了，但是，卻一無所懼，宗教般的虔敬。」

一位舞者告訴我，當她到達了新墨西哥，看見那片廣闊無垠的大地，整個人似乎被吞滅了。

妙境法師帶著許多出家人在新墨西哥州的道士城（Taos）修行，遠離塵寰。他們居住在面積達五十五畝的土地上，此地曾經是一個滑雪別墅。林木茂盛，綠意盎然，確是修心養性的好地方。一些在家人前往參學，喜愛環境的清幽寧靜，願意住下。有些人卻感覺沒事可做，不想永久居住。不論環境如何的美好，如果沒有往內心深處尋覓，廣闊的空間還是無法彌補內在的需要。

前陣子看了一部電影，描述一位紐約女士帶著受傷的馬匹到蒙他那州，請當地一位專門醫療馬匹的男士爲牠治病。這匹馬在醫治過程中忽然脫韁狂跑，直奔到廣大無垠的草原中央，就這麼沉默的兀立著。這位醫馬者蹲在漫漫草原裡，默默地看望著遠處這匹遭意外事件受驚嚇的馬兒，經過了好幾個小時，直至夜幕四合，這匹馬慢慢走回來，他纔帶領著牠走回家。這位醫馬者不但醫治馬匹，無形中幫助馬匹主人調整內心的問題。有一天，這位紐約女士和醫馬者談天，女士問他長住在這個偏遠的地方，難道不想念大都市裡的畫廊、舞台劇、博物館等。這位醫馬者告訴她，他曾經住過繁華的芝加哥。最後，這位女士愛上了醫馬者，他問她：「你能忍受長期居住在這麼荒涼的草原麼？」他說，自己居住芝加哥時，覺得大都市缺乏空間。他決定遷居人煙稀少的蒙他那州牧場，他的妻子卻覺得空間多得使她難以忍受。兩人最後只有分手。

一次讀到一篇散文，作者描述有兩種人令他敬佩。一是日日飛行世界各地爲事業奔忙的人物。長途飛行不使他們勞累，一旦到達某地，立刻頭腦清晰的開始辦理繁雜的事務，做各種重要的決定。這種人每天處於變動中，卻維持著「行如風，坐如松」的風度。另一種人日日處於極度靜寂的環境，不仰賴外界多采多姿的事物來豐富他們的生活。他們過著一成不變的歲月，處於全然安靜的時空，卻不覺得孤寂，可謂「心中自有黃金屋」「書中自有顏如玉」。

動與靜，擁擠與空曠，繁忙與孤寂，看似是兩極。但是，動中未必沒有靜，靜中未必沒有動。古人云「八風吹不動」，行走於擾嚷的紅塵之中，若不爲得失毀譽所動，心中始終保持著安定的力量，看似生活在動盪之中，何嘗不是一種寂靜。同樣地，生活在極度寧靜的生活中，卻能從心田裡耕耘出一片天地，生活外貌看似寧靜無波，內在卻充滿源自生命深處的能量，何嘗不是一種活動。動態的生活，可以試探出一個人內心的寧靜程度。靜態的生活，可以考驗一個人內心是否具有能量。否則，動態的生活，可能忙亂得使人焦燥且失落。靜態的生活，最後使人變成一池死水，槁木死灰。

動態與靜態的生活，都是訓練。有些人很難應付動盪忙碌的生活，有些人無法安靜的面對自己。一日讀到一篇文章，勸告更年期的女性，平常太外向的人，要學習單獨靜處。平常太內向的人，要學習外出與人溝通。人生中的一切，就是尋求一種中庸與平衡吧。

窮人與富人

在羅馬街頭，經常碰見集體行騙的義大利人，主事的大人，支使幾個小女孩或小男孩游走到遊客面前，手上橫拿著報紙，做出給人觀看的奇怪姿態，遊客正在想著，這是怎麼一回事，他們已經從報紙下面，快速的探手到遊客口袋裡，主事的大人隨即趕來，此時，一夥人一齊下手，把被竊者的身手抓住，挖掘了財物，揚長而去。旅行團中，也有兩人遭竊，奇的是，竟然都是大男人，弱女子與老太婆，得到倖免。

那一日，在義國的皮貨店中，身處於喜愛逛街的眾女士之中，那位遭竊的牧師，也買了一條皮帶，只見他把風衣打開，露出褲腰上泛白發毛的古舊咖啡色皮帶，牧師娘在旁邊說著，他有多少年都沒有新皮帶了。清瘦的牧師，提起遭竊的事件，言態毫不柔弱，他說：「雖然損失了金錢，但是，生命沒有損傷，因此，應該感謝。雖然成爲竊盜下手的對象，因爲個人的遭遇，提醒了旅遊團中所有人的注意力，這也是值得感謝的。」牧師把生命完全奉獻傳道，平日的生活資糧已經夠微薄了，此番又成爲歹徒行竊的犧牲品，雖然失竊的錢數不大，想也夠他多買兩條皮帶了。但是，聽到他肯定的話語，看見他一路上開朗的神態，感受著他內心的富足。

一個人的世界，正是由自己的心境所創造出來的，遭遇了偷竊的事件，如果只會埋怨，感嘆著並不富裕的自己，爲何又丟失了金錢，人生勢必變得更加消極。而一個人能夠從不幸的事件中，想到他人因爲自己的變故，而得到了警惕，這無疑又是一種慈悲心腸的發揮。富有的人，在萬事的交接中，記取的總是「正面」，他能夠化解不幸，不自尋苦惱，更不會無中生有，在他的處事中，總是帶出一種「力量」；他看見其他人善良的、美好的一面，他永遠覺得自己爲別人做的太少。

有些人在物質上非常富有，卻覺得自己擁有的永不足夠，他不停的看見別人比自己更優越的條件，所以，他永遠都在追逐著自己沒有的東西，好像一個貧人一樣。一個不能愛，不能給，總是接收的人，通常都是貧人，他們不一定沒有財產，只是在心理上永遠處於接受的地位，因爲他們總是看見自己所沒有的東西，總是覺得別人「欠」了他，在眾多的事物中，他記取的總是「負面」，與萬事交接，他帶出來的總是「弱勢」的感覺。

曾經在一本祈禱書中讀到一句話，它說：「有些人像一個死海，他們永遠取。不給。」死海，是一汪缺乏回流的海水。活水，是不停回歸更新的泉源。所以，一個能夠反觀、省悟，回到心靈深處的人，他就是一個擁有活水的人，也就是一個富有的人。

說與不說

曾聽過一個故事，有個人心中藏了一個秘密，他不敢告訴任何人，一日實在按捺不住，跑進一片種植竹子的土地，在地上挖了個洞，把自己的秘密全部傾吐進去。不料竹林成長後，經風一吹，臨風搖曳的竹林竹語，竟然把他的秘密傳遍了天下。這個故事，除了暗喻一個人若要守密不可向任何人傾吐，似乎還傳達了另一種信息：當一個人心中有事，難免需要宣洩的管道。有些人在生活中遭遇了大小問題，總習慣找親朋好友傾訴，有時聽見一些人訴說發生的事情，聽著聽著，愈聽愈嚴重。但是歷經時日，發現那些愈肯把所有感覺與故事說出來的人們，在生活裡愈不會採取極端的方式來處理問題。反是那些平時什麼話都悶著不說彷彿無事般的人們，一旦聽見他們發生的事情，總要驚嚇一番，在毫無預示的情況下，已經走上各種絕斷的道路。

說話其實是一種溝通的機會，因此有它的必要與重要性。人們發生了爭執誤解，如果只聽一面之辭，絕對有所偏差，聽不同的人說話，發現每個人原來都落入自己的想像、愛惡、意見、不安全感等各種情結，彼此根本沒有得到眞正的溝通。一旦了解對方的感受，能夠從他人的立場來觀察事物，情況總能得到某種程度的疏解。

有一個故事，寫一位修行者一輩子都不說話，他在脖上掛了個小黑板，必要時以書寫方式略事溝通，他以沉默不語的方式來修道。這個故事使我沉思。言語雖有它的必要與重要性，但是，言語也有它的局限，許多事情其實是廣面性的，但是言語經常只能表達出某些層面，而且經常因每個人不同的性情，在表達與接收兩方面都會錯意，愈說愈糊塗。而且，許多事情是讓人感受的，不可能用言語說出來。有說「以身作則」、「一張圖片勝過千言萬語」、「真理在於沉默未說的部分」。

說與不說是一種學問，也是藝術吧。一個不說話的人，可能由於個性閉塞，也可能是一位具備自處能力的智者。一個說話的人，可能是不經思索的閒言閒語，也可能是句句珠璣，發人深省。處於某些情況下，需要花費唇舌來溝通，這是良性的疏導。或者，讓時間、修養、智慧、善意默默的運行，得到一種更圓滿無傷害的融合吧。

定型與突破

許多年前，一位文友告訴過我，我的文章就是某一類型的作品了。當時聽見她的話語，眞的有點吃驚。也許我從來不曾這樣想過自己的作品，因爲每篇文章都有些新意，怎麼已經屬於一個類型了。這種感覺有點像聽見我的另一半告訴我，二十年來他聽我說的話都是一樣的。然而這麼多年下來，對自己也比較瞭解了，我不得不慢慢的接受，我的確是屬於某一類型的人，我寫的東西也是局限在某一個範圍之內。即使我想做很大的突破，也不太容易了。

有一段時間，寫作很怠惰。經常夢想著自己如果歌喉像齊豫或是蔡琴，就到煙塵裊繞的夜總會抱著吉他去唱歌。如果自己的鋼琴彈得很好，就到大百貨公司去爲顧客演奏下午茶的流行歌曲。如果自己會演戲……，總之，就是想做一些與自身經驗完全不同的事情。也不爲名也不爲利，就是想換一種角色，做另外一個人，過另一種生活。我想，這種心態其實反映了自身生活經驗的局限，小我的生命企圖擴張自己了。

記得有一次上街買書，存心想買一些平時不注意類型的書籍。但是，從書店逛了一圈下來，我發現自己還是沒有辦法扭轉心意，購買的還是心靈類、純文學、藝術或是戲劇的書籍。曾經做過性向測驗，我的性向結果是「尋道者」。看來，尋道與寫作這兩件事情是與我最接近的事情。常覺得我的整體生命，好像就是一場修練。而我在生命中的經歷，在修練心態的觀照下，又幻化成爲我的文學創作。

中國文壇名人郁達夫在「五六年來創作生活的回顧」中說，「至於我對於創作的態度，說出來，或者人家要笑我，我覺得『文學作品，都是作家的自敘傳。』這一句話，是千眞萬眞的。客觀的態度，客觀的描寫，無論你客觀到怎麼樣一個地步，若眞的純客觀的態度，純客觀的描寫是可能的話，那藝術家的才氣可以不要，藝術家存在的理由，也就消滅了。作家的個性，是無論如何，總須在他的作品裡頭保留著的。」

郁達夫與一位新進作家討論過好幾次這個道理，他認爲沒有某種經驗的人，決不能憑空揑造關於某種事情的小說。這位新進作家反駁說：「那麼許多大文豪的小說裡，描寫殺人作賊的事情，難道他們眞的殺人做賊了？」郁達夫覺得這句話還是無法把他駁倒。因爲他認爲那些大文豪的小說裡所描寫的殺人做賊，只是讓我們這些和作家一樣沒有殺人做賊經驗的人看來有趣而已，如果眞教殺人者做賊者看起來，恐怕他們不但不能感動，還要譏笑作家的淺薄！

或許有些作家的確沒有經驗過殺人放火的事情就去寫它，但是，許多作家的作品與生命經驗卻是密不可分。譬如美國文豪海明威，他曾經在堪薩斯城的「星報」當過記者。一九一八年，他以中尉身份橫渡大西洋參加世界大戰。當時他還不滿十九歲，正在分配巧克力給義大利官兵就身中砲彈受重傷。他昏死過去，一旦醒來還把義大利傷兵抬回掩護壕。在他的「戰地春夢」中，就有類似的描述。書中，他的身上一共中了大小合計二百二十七塊的碎砲片，並且還被機槍射中腿部。他身邊的士兵，一個當場陣亡，一個炸斷了雙腿。海明威在短篇小說中寫過：「在黑暗中，我無法入睡，我一閉上眼，就感到靈魂要飛出軀殼。」他在米蘭療傷的時候，和一個德裔美國人的護士相戀，情書像雪片飛來飛去。後來她調職了，他隨後去找她，回國後還認眞考慮過和她結婚，最後她以年紀較大為理由拒絕了這婚事。海明威接到拒絕的信就擺平在床上，一連幾天無法起床。他有一個極短篇，或許就是這次創傷的描述。

美國作家亨利・米勒三十三歲左右立志當一個專業作家，他把自己想像成大作家，但是他寫不出來，也弄不清楚自己想寫什麼。一九三〇年，他帶著十塊美金和一疊手稿隻身前往巴黎。在巴黎，他沒有錢，沒有朋友，沒有愛情，沒有希望，一個人流落街頭，能睡那裡就睡那裡，過的是動物一般的生活。這種逆境沒有摧毀反而滋潤了他的生命，在困頓中，他漸漸看透人生的種種虛妄，他體認到，寫作為的不是崇高的藝術妄想，而是自我表白。而這表白一定要眞誠。他說：「我的書就是我的人，一個迷惑、粗心大意、滿不在乎的人。一個好色、猥褻、囂張、喜歡胡思亂想、細心、愛說謊又誠實得不像話的人。」他用他的書向快樂懺悔，他要讓世人知道：「痛苦其實沒有必要，但是人必須先吃很多苦才會知道痛苦沒有必要，才能免於痛苦。當你吃足了苦，吃到不能再吃，奇蹟就會出現。」

雖然這些作家的作品都是出於他們親身的經歷，甚至是自傳一樣的作品。但是，由於他們將生命經歷推到了極至，如同痛苦到了極點，這時個人的經歷就爆破爲一種人類整體的經驗了。個體的定型是不可避免的，因爲我們是分別的個體，不可能替換。我們也必須透過個體的生命經驗，才可能達到人類整體生命的深度體會。佛陀與基督的生命經驗不也是如此，透過他們個體生命的犧牲與完成，達到全人類生命本質的體現。因此，人其實沒有什麼被定型的恐懼可言，該恐懼的是自身生命經驗與體會的缺乏，問題是小我被局限在個體的世界裡。如果不能超越有限的經驗與更深廣的生命本質聯接，自然就無法突破了。

觀察演員的工作，道理亦然。一些優異的演員，如同千面人一般，經常能夠跳脫既有的身份，扮演迴異的人物。譬如美國演員羅勃．狄尼洛，他有時是浪漫的正派情人、有時又變成驢頭驢腦的怪物，或是黑社會的歹徒、囂勇的戰士。記得他年輕時演過一部「計程車」，片頭開始時，就是他駕駛著計程車在紐約迷濛的霓虹燈市裡徘徊，他身邊的風景是一片的閃爍迷離，只有他那一對悵惘落魄的眼神在電影畫面上流轉，道盡了現代人的靈魂疏離與隱藏的寒冷。所有個人的演出，不論是透過文字、繪畫或是戲劇，一旦達到一種深層的表達，它就成爲一種人類共通的語言，不再被某一類型的人們所欣賞與吸收而已。

覺性

有一回，聽到一位虔心修道的知名女士演講，提到一次與一群志同道合的女士們組團朝聖，在一個異國鄉間的布店裡，店主忽然把許多奇色異圖、五彩斑斕的布匹拿出來招攬顧客，這一群朝聖的女士們立刻道心全失，大聲尖叫著衝向這些布匹，但是，她們的「覺性」沒有失去，立刻醒悟到自己的心念失控，繼而彼此相顧大笑起來。

其實，人生裡遭遇許多事情，眞正就是看見、大笑，然後就放下了。

如果，今天做一個實驗，把所有引人心動的事物，放在衆人的面前，然後，觀察每個人對那一樣出現的東西有所反應，相信可以幫助人對自己增加許多了解。維摩詰經裡面寫「天女散花」的故事，心有所執著的人，花瓣就黏在他的身上，心無所執著的人，花瓣就輕輕的從他身畔落下，絲毫不沾染。

然而，凡夫俗子，誰沒有一些七情六欲？貪愛、瞋恨、癡情、驕慢、懷疑、嫉妒、爭勝、分別……，種種的情緒，哪個人會感到完全陌生呢？能夠激動情緒的事物，人人迥異，但是，會被激動的本性，卻是沒有差別的。

經常觀察自己的心，看自己這次又被什麼事物引動。自己眞正放不下的東西，當它激動人心的時候，那種感覺是非常眞實的，把人立刻完全席捲進去，隨著所愛的事物上下浮沈，完全喪失了客觀的地位。但是，我發現，每一次的被引動，其實都是反觀的大好機會，你可以把自己被引發的情緒好好的掌握住，像是追趕敵兵般的一路追下去，看見自己又在比較了，又在虛榮了，又在求名了，又在羨慕了，又被自我所侷限了……。

很妙的是，一樣東西被清清楚楚的看見、承認與了解的時候，它比較容易離你而去，彷彿是病者找到了病根一樣的道理。如果，在一種情緒被引動的時候，沒有好好的向自己誠實交待，那麼，就好像是謎語的答案仍然未解，問題便揮之不去。人的心是很狡詐的，它通常會尋找一些面具來戴上，暫時的安慰矇騙自己。

所以，當我聽見一些人說：「我一點也不羨慕他們的生活，爲什麼他們對我所愛的事物一點也不欣賞？」或是不停的詢問他人：「你究竟是願意過他的生活，還是過我的生活？」我就想著，如果人眞正希望他人認知自己的生活價值，希望從別人對自己的認可裡得到滿足，那麼，就承認這種自我的心態吧。如果世界上有一個人，你總是想要和他比較，或許，你可以研究一下，這是否是一種暗藏的嫉妒？還是一種心靈的空虛現象？

這群朝聖的女子，發現了燦爛美麗的布匹時，眼光大亮，同時，她們也立刻覺察到這種心念的搖動，在一場大笑聲中，沒有什麼好自責的，也沒有什麼好欺騙的，就是一種對自己心念的清楚反觀，看見、了解、認識，知道自己起了反應，明白自己是站在什麼地步，也就足夠了。奇妙的是，徹底的看見，不加以任何的批判讚毀，轉化的作用就在其中產生了。

當然，一件事情把人引動時，如果它的影響程度不大，不是血親骨肉、生死攸關、利害分明的事情，譬如，只是一些布匹，幾件衣服，當然不難把它看化。人生中，遭遇到比較深刻的事物，這時，一種對生命整體的包容與認知，是很重要的。

對生命能完全的接受，就是容納所有的是非善惡、吉凶禍幅、喜怒哀樂，看見這一切，都是出於自我與世界交接後的變化，一切都是學習的機會，都是我們因應著自己所需要學習的事物，以及自己內心的七情六欲，而和外界所起的反應。如果，我們絲毫不需要學習「放下」，我們就不會對任何事情「執著」。

識大體

中國人常喜歡用「識大體」這三個字，來描寫一個人處於家庭社會倫理人際之間應有的氣度。這句話所代表的眞義，隨著追尋人生眞理的增長，才逐漸比較明白。

一個家庭裏發生糾紛的時候，最常聽見人勸告的一句話就是「要識大體啊」！然而，這個大體究竟是什麼？大體代表的又是什麼？識大體就是要我們看見超越個人自身的一些東西。

大體是由眾人集合而成的，但是，它又不再代表任何一個個人了。譬如，在一個婚姻裏面，如果姻親之間產生了不愉快，每一個當事人如果爲了其他親人以及整體的益處，從長計議，最好把個人的恩怨與誤解暫時放到一邊，終究能夠得到圓滿的結果。否則，喪失了和合眾，直接地影響了親人，間接的中斷了自己與親人的親密相處機會，同時，重點在於缺少了修心處事的整體認知，這種態度將反映在自己所接觸的一切人事上面。而在範圍更廣大的社會、團體及國家之中，這個道理原則也是完全一樣的。

凡是超越了個人的東西，其實都是一個大體。因爲，它顧及的已經不再只是私人，所以，我們爲了一個家庭、社會、國家或是任何的組織，而把個人的利益恩怨意見愛好等放下的行爲，都可以稱爲識大體。但是，這個學習識大體的事情，卻眞不是一言兩語可以道盡。

有一句話：「依法不依人。」我常覺得它十分確切的爲如何識大體提供了一個指路標。曾經處於團體中，爲了主事者的狹隘感到十分煩惱。此時，恰巧讀到了一篇靈修的文章，它說：任何時候，當我們的眼睛看著人，看著問題的時候，我們就無法看見光，就要陷入黑暗中。日頭的光明是永遠存在的，唯當我們自己歪閃了眼光，我們就要跌倒。

讀到了這段金玉良言，猶如被智慧的燈清淨了模糊的心鏡，在靜思默想的心靈回歸中，提醒了自己把眼光與心地，投向那眼不可見卻無所不在的力量中。逐漸地，源頭活水得到了重新，繼而把人與人之間的意見、軟弱、編狹等都試著放下，在心靈的安靜中，體會每個人不同的性情與性向，學習從他人的角度來衡量事情，並且反觀可能因自我的意識，而引發的一些盲點。處於團體及眾人裏，學習將所有個人的努力與力量，與至高的旨意結合，相信世事在天助自助的原則下，必定有圓滿的結果。

清明時分

一個黎明破曉前的清晨，我醒了過來，這時，一件在白日裡曾經困擾自己的人事問題，它的眞相突然非常清楚的在腦海裡呈現出來。

我忽然知道，在這件人事問題中，朋友對我所做的解釋是眞實的，那的確是出自她的肺腑之言。在下一秒鐘，我了悟到彼此之間問題的產生，其實，是因爲自己的心靈已被世俗的觀念，以及昔日不愉快的回憶所污染，因此，我把一件本應是簡單的事情，解釋得太複雜了。在這個乍醒的清明時分，白日將帶來的任何紛雜都沒有進入意念，心湖如清水般的純淨，無染的心靈，就直覺地把事實的眞相揭露給了我。

孟子曾經以牛山的樹木，爲人的本心做了一個深刻的比喻。

齊國牛山的樹木茂盛豐美，由於它鄰近齊國的首都臨淄縣，樹木全部被斧頭柴刀砍伐完了。牛山上的樹木雖然在雨露的滋養下，日夜繼續生長萌芽，但是，山上隨著又有牛羊的放牧，使牛山變得一片光禿，人們看見牛山濯濯，以爲山上從來不曾有過繁茂的樹木，但是，這豈是牛山的本性？天天砍伐樹木，譬喻著人的本心被戕害，而在平旦時刻的清明之氣，象徵著人不滅的本然心性，但是，白日裡的所作所思，又使這一絲靈明亡失，這樣反覆的傷亡，如同斧斤的一再砍伐，人類的靈明之氣就無法保存了。

從孩提時代開始，人類似乎就走上一條漫長的風塵路，開始嘗受著各種不同的際遇與影響，原本猶如一張純白紙張般的心靈，在這個充滿了分別、好惡、高低、尊卑的世界上，歲月的輪轉，難免不潑灑下黑灰烏暗的有色影像。每個人的經歷雖然不同，但是，年歲愈長，世故愈深，機心愈重，防人愈甚，信任愈少，卻是經常可以看見的現象。每個人都渴求著愛與被愛，曾經的傷害，卻使人漠然的築起圍牆，以冷淡的態度來保護自己，或是以複雜的方法來應付這個世界，戴上有色的眼鏡來觀察所有事物。

有一位朋友，處於複雜的工作環境中，天長日久，難免產生一種追根究底、旁敲側擊、捕風捉影、話中有話的習慣，而在這個是非口舌很多的團體中，每聽見有人傳話到耳中，她不分公事私事，就要四處求證，打破沙鍋問到底，最後弄得敵友不分、杯弓蛇影，而事實的眞相，又豈是三言二語可以弄清的呢？因爲，人的言語本來就是充滿了問題與矛盾，不斷的執著偵探，只是使事情愈來愈渾。

我忍不住勸問她，是否可能回到最簡單的心境來了解世上的事情？她說，事實的眞相就不必澄清了嗎？我說，不是是非不分，只是，太多的成見、猜測、懷疑、怨忿、不信，無法使你看清眞相。

人眞正應該時時回到那個清明的時分，在明淨的領域裡，忽然恢復了純潔，反而能夠認清自己的盲點，了解他人的處境，認識事情的眞相。而世界上的事情，返本還源，還是要以人心最基本的信任、包容與智見來釋解。

曾經與一位朋友在一次活動中，產生了很大的不愉快，兩人幾乎到了斷交的地步。有一天，在心靈的安靜中，我忽然產生了一種强烈的直覺，即使她不願理睬我，也一定要想辦法把她找來好好的談一次話。

於是，我在直覺的帶領下，終於把她找來，好好的談了一整個下午。在幾小時的談話中，她聲淚俱下，把許多童年的黑暗回憶訴說給我聽，曾經度過的艱苦歲月，遭惡人凌辱，家庭裡又未曾給予她所需要的鼓勵愛顧，形成了她極度悲觀的個性，年長，每當她與人產生紛爭，她永遠以被人排斥來解釋一切，無法以積極的態度來檢討與調整。

後來，我常感到十分的幸運，如果我沒有讓自己跟隨心靈的直覺，和她好好的懇談這一次話，她將永遠不會改變對交友的悲觀態度，這個談話，使我們不只是溝通了彼此的一次誤會，更是一種信心的重建。

但是，人類的心靈是多麼的容易遺忘，我們經常在一陣感動之下，恢復了心靈的純淨，待煙塵迷漫，那種堅硬、冷淡、不信、負面的黑色意念，又如同惡魔般把我們綑綁，使我們的明珠無法放光，無能力以信心與愛心來回饋世界。牽扯糾纏得愈嚴重的事情，或是與我們的固有想法意見相差甚遠的事情，愈是難以釋懷。

在清明時分，平旦之氣裡，每個人彷彿回到了天堂的境界，在那個世界裡，我們與自己最原始的靈明交接，所有世俗的相對意念都抖落了，每個人的跌倒與傷害，其實與他的本心都是毫無關係的，我們就是在這個靈光乍現的地方，與所有的生靈眞正的相識。

牛山的樹林，雖然經過斧斤旦夕的砍伐，在陽光雨露的撫育下，還是不停的生長，但是，如果每天以斧斤繼續砍伐，卻沒有善加存養愛護，靈明的根苗，有成長的機會嗎？最後，人變得心硬如鐵，絲毫不敏感，永遠不懂得懺悔。心靈需要每日的滋養，就像是明鏡檯需要日日勤加拂拭。清明之際的靈光乍現，是一種對良知的深沉提醒，它就像是暮鼓晨鐘，讓我們永不忘失，每個人終將面對自己的心靈審判。

和平的鴿子

基督徒朋友邀我去耶路撒冷，我說好啊，也沒多想，就到達了這個多少朝聖者期盼的聖地。碰巧正在翻譯一本十九世紀俄國行腳僧朝聖的眞實故事，行腳僧最大的心願，就是到遍佈聖蹟的耶路撒冷朝聖，但是，古代沒有飛機也沒有汽車，他辛辛苦苦的行腳到鄰近的海國，爲他出船票的慈善家卻又不幸逝世，最後，他還是沒有去成耶路撒冷。

行腳僧的心地是如彼的純潔虔誠，一心向道，卻未能如願到達聖地，而我們這些現代人，還沒有準備好一顆虔敬的心，依靠著現代的科技與物質文明，就順利的到達了聖城。

一走進台拉維夫的飛機場，看見海關的排示上面方方圓圓的希伯來字，心中不由得浮起一絲親切感，曾經翻譯過一本以色列人的祈禱註解經書，書中有許多的希伯來文，此刻在以色列國與這些文字重逢，忽然覺得這些曾經看來像天書一般歪歪扭扭的字眼，竟然很優美呢。

到了聖地，春天的好時光，大部份時間，天氣都很好，山谷裡面長滿了所羅門王全盛時期也比不過的各色小野花，我們的司機是阿拉伯人，導遊是以色列人，在這個報端經常出現暴動事件的地方，一路上也幸運沒有看到正在打架的場面。團體首先落腳以國西岸小鎮拿他尼亞的海邊旅社，清晨打開落地窗，站在陽台上，呼吸著鄉村清新的空氣，在破曉的天色襯托下，地中海蔚藍無際，寧靜得如同一首心靈的默禱。

閱讀聖經所帶來的感受，以色列的故事是一個廣大繁富的世界，但是，這個國家竟然比台灣還要小，只要乘坐巴士就可以遊遍。所以，不如說，聖經是以色列曠世的「心靈」地圖，但是，每個聖經中提到的地方，每一件歷史的故事，卻都是可以考據的。

未到達耶路撒冷之前，我們走遍了基督曾經到過的地方，以色列北部的加利利海，耶穌曾在此斥責風雨使它平息，八福山是加利利海北部岸邊的坡地，耶穌在此地傳講登山寶訓。加利利海西北角的迦百農，耶穌在此地行神蹟趕鬼，以色列東邊的約旦河，耶穌在約旦河靠近加利利海的地方受洗，聖靈如同鴿子一般降落……。

人處於這些千古的聖蹟中，感受到的卻是二十世紀的現代，加利利海碧藍無波的水面上，飄揚著五彩斑斕的遊客帆船，坐在艷陽高照的太陽傘座下面，吃著炸番薯條與加利利海水產的油煎「彼得魚」，對彼得的故事的記憶，不如眼前的這條吳郭魚來得清楚。約旦河裡排滿了一群群受洗的人們，喜笑言談之間，感覺就是熱鬧……。待回到了家，再翻閱福音的故事，感覺這些地方變得很眞實，彷彿是鄰近的地方一般，不再是上古的神蹟。

旅途的路上，偶爾聽見遠方傳來偵察機轟隆爆破的聲響，站在山頭遠眺著古戰場米吉多平原，這就是聖經預言末日「哈米吉多頓大戰」將要發生的地方。目前，加薩走廊是最不安全的地帶，我們自然不曾造訪。

團裡的熱心基督徒們，見到了不信基督也不看新約的猶太導遊，趕忙向他傳播福音，這位曾經在集體農場裡生活，十分務實型的猶太人表示，他不相信基督教，因爲在十一世紀的十字軍東征中。基督教國家的基督徒軍隊到達了聖城，屠殺了城中數萬的猶太人民。在他的口中，耶穌受難前禱告的地方客西馬尼園，就是一個壓榨橄欖油的地方，以色列到處都是壓榨橄欖油的地方，所以到處都有客西馬尼園。他說：「你們願意相信多少奇蹟就有多少奇蹟。」

旅遊車進入了朝聖的重點，高於地中海二千五百呎的耶路撒冷聖城時，已經是黃昏時分，立時感到天候微涼起來。耶路撒冷聖城意即「平安的根基」，卻歷經四十六次戰爭，被夷平過十七次，她此刻籠罩在升起的煙濛之中。迤邐的聖城，主色調似是白色的石塊，其實，它是由淺黃、淡粉與微綠的石頭所建築，在彷彿是單色之中，薰染出微妙的、不同凡俗的氣氛。山城的一片連綿中，最爲突出的是聖殿山上的金頂清眞寺，黃金閃亮的圓頂，成爲景觀的中心點。

在聖城的導遊，是一位來自台灣，曾任電視編劇工作的女子，她曬成一身的褐色皮膚，體型寬廣，言態溫暖，身爲基督徒的她，已經以聖城爲家鄉了。她的生活經歷很有趣，夾雜在以阿兩個人種當中，曾經與猶太教的牧師多所接觸，也被猶太人排斥過，而和阿拉伯人民居住在同一個屋脊之下，經歷過不少驚人的種族尖銳紛爭。她分析著，以色列人穩健、阿拉伯人散漫，基本的民族性極不相同，但是，每個人種其實都擁有不同的優點與可愛，阿拉伯人是十分單純熱情的種族，以色列人很有神的觀念，她瞭解在這個地方，基督教的 Crusade（大規模傳教，也是十字軍的同義字。）是絕對行不通的。要當地人民接受基督，唯有和他們從做朋友來開始。

耶路撒冷的西城是猶太人區，東城是阿拉伯人區，舊城中，東北角是回教區，東南角是猶太人區，西北角是基督教區，西南角是阿美尼亞教區，每天早晨四點左右，已聽見窗外傳來優揚的唱經聲，雖然不知出自那個教派，聽起來卻是同樣的祥和。

聖經上的聖蹟，都由不同的教派分別蓋起了教堂來紀念，希臘正教在聖母瑪利亞的家鄉拿撒勒蓋了天使報喜堂，另一個天主教派說聖蹟不在此地，又另外蓋一個教堂。位於聖殿山上回教金頂清眞寺的中心地方，圍著一大片石頭山，傳說這就是亞伯拉罕當年獻祭兒子以撒給上帝的地方，現在由回教徒來管理。耶穌的十字架之路共有十四站，第十站的聖墓教堂目前由天主教、東正教和基督教分別分區使用禮拜。教堂裡的石牆上，還遺留著十字軍東征時劃下的千千百百個大小十字架。第十一站到十四站，是插釘耶穌直到墓穴等的所在地，如今這些地方，琳琅滿目的掛吊滿了各地教會所呈獻不可勝數的各式金銀燈飾，以及高大或是小巧的燭台，燈火輝煌，朝聖者絡繹不絕。

在此，導遊說了一個故事，她曾帶領一個韓國牧師進入這個紀念堂，他們的教會是一點裝飾都不講求的，兩人一看到這種花花綠綠的儀式，立刻感到十分氣忿，聖蹟也不朝拜的就跑了出去，導遊勸告著大家，氣量要放大，世界上有這麼多的人種與習俗，每個人類的感受表達方式，都不可能一樣，但是，心意卻是同樣的，人要接受他人以不同方式來表示敬拜的心願。

到了伯利恆的耶穌誕生堂，旁邊就是警察局，每年的聖誕節，擁擠著從世界各地來臨的電台電視報紙等界人士，警察也特別的多，想像著這樣一個由上千把槍枝來保衛的平安夜！

橄欖山西麓的客西馬尼園，耶穌被賣的當晚，曾經帶領門徒來此迫切禱告，如今，根莖粗盤扭結的橄欖樹，據稱都已有上百年的壽命，天主教的方濟會集世界十二個國家的捐獻，建立了一個「痛苦教堂」(又名萬國教堂)，堂內靜穆幽暗，祭台前約二丈平方的石坪，圍著荊棘形的柵欄，聖壇前，雕塑著兩隻和平的鴿子，站立在這個地方，望著清純如靈的鴿子，不僅感慨心頭……。

一路上，聽見教徒們不斷的爲耶路撒冷祈求著和平，平安的根基，你爲什麼在歷史上飽受戰火的摧殘呢？人類祈求著你的和平，但是，他們可曾眞正出自內心底的消除了種族與教派之間的對立與分別呢？和平不可能外求，也不曾從天而降，和平來自全人類的內心。

聖地上，有這麼多教派的共同存在，如果永遠對立，和平會來臨嗎？十字軍東征的殘忍歷史，必須由基督來承擔嗎？野心家與愚昧者的戰役與殺戮，和請求你愛敵人的基督又有什麼干戈？

和平的鴿子，靜靜的駐立在客西馬尼園痛苦教堂的祭台前，我想起自己心裡的那隻鴿子。許多日子以前，一個下午，我在一間寺廟裡禮佛，然後，我想到了神，在心底裡由衷的期盼著，能夠把眞理指示給我。禮拜結束，在廟堂的後面，忽然出現一隻前所未見、純淨無比的鴿子，它的脖頸上，有一圈黑色的羽毛，彷彿一個信差般亭立在那裡，廟堂裡的同修們都喜悅無比的圍觀著它，讚歎著它的潔美。霎那間，我有所了悟，鴿子的出現啓示著我，這是一個和平的地方，這是一群善良的人類。而世界上的名號，或許有所分別，但是，光與光之間，除了互融互攝之外，能夠分得開嗎？有人聽見我去耶城朝聖，猜想我今後是否要改教了。我經常不能了解，追尋眞理的人，爲什麼反比不追尋眞理的人更加劃地自限？人生如果是瞎子摸象，一個人摸索的角度愈多，只會幫助他更加認識全象啊！當人想要改變自己或改變他人的信仰，其實已經不在眞理當中了。如果所有人類傳播的都是慈悲、智慧、愛與信心。一切豈非不通自通？當我看見一個懷抱著悲愛的人類，我感受到的只是他的精神，再也不是他的名號了。

「六祖壇經」說：「萬法在諸人性中，若見一切人之惡與善，盡皆不取不捨，亦不染著，心如虛空，名之爲大，故名摩訶。」耶穌在約翰福音中說過，要人用「心靈與誠實」來敬拜神，因爲神是個靈。人的心靈是無所不在的，如同神明是無所不在的，世上的萬法就是從所有的人性中顯現出來，離開相對的信仰、是非、善惡、黑白、人我……，在每一個心靈至深的明靜聖殿裡，我們與不可用言語表達的本眞相見。

愛蟻常留飯 —— 談禁食閉關

三年裡面，禁食閉關了八次，每次為時一個週末，二天三晚中，四十小時不吃，三十小時不喝，一日並必須五體投地的大禮拜幾百回。這個修行方法，連壯漢都未必見得吃得消，我卻看見許多身體柔弱的女性，一次又一次的不斷回來參加。

我的第一次禁食閉關，眞正嚐到了什麼叫做飢餓。貪吃了一輩子，終於了解飢餓的恐怖。飢餓的感覺在第一次的閉關中，不斷的吞噬著我，使我不知止息的想念著大街小巷裡的各色美食，冰箱裡留存的各種食物。當時如果有人來到我的面前，捧著食物不仁不義的大吃著，我的眼淚保證會傷心的掉落到地上，撲鼻的食物香味，一定會使我昏厥過去。閉關到了一日將晚的時刻，我看見牙膏與香花，眞正曾經想把它們吞到肚子裡面去。

有一句諺語：「一個欲望得到充分滿足的人。他不能了解飢餓的人。」當一個人感覺飢餓時，如果有人前來敲門討飯，他會對窮人慈善一些，因為他自己正在飢餓之中，比較了解乞丐的感覺。我的慈悲心在第一次閉關中大大的發揮，就是因為了解什麼叫做飢餓。

然而，第一次閉關，感官的反應使自己完全無法超越對食物的思念。腦海中除了想吃與飢餓之外，似乎發揮不了其他的功效。看見一位做過幾次禁食閉關的朋友，面帶笑容的從我面前輕鬆走過，簡直有點不可思議。

從第二次禁食閉關開始，我逐漸開始不再那麼嚴重的被飢餓與食物所困擾了，記得一次禁食到了中午，廚房傳來陣陣烤餅的香味，這時，身旁的室友轉過頭來低聲問道，是否聞到了餅香？我點點頭，慶幸著自己這次不會再被香味威脅得要昏倒了。

最初幾次禁食閉關，由於在閉關期間太飢餓，所以每次禁食回家，都像餓鬼道裡被放出來一樣，不斷的找東西大吃特吃，彷彿要把曾經飢餓過的空處都補足回來才能滿意，最後，胃都吃痛了。因爲，一個嚴格禁食完畢的胃，絕對不能把它立刻填鴨。隨著一次又一次的禁食，飢餓感逐日遞減，並體悟在閉關中要與飢餓共存，就是不去想它。後來，飢餓感變成了有點像胃痛，自己還有些納悶，怎麼會有這種不舒服的感覺。禁食閉關中，想念食物的吹數愈來愈少，甚至在睡夢中，看見了鮮美多汁的水果，垂涎之際，卻都沒有忘記自己是不可吃的。最後，已經被鍛鍊得不怎麼怕餓也不怎麼怕渴，只怕半夜睡不著覺，因爲，空空的腸胃使頭腦特別的清醒。回到了家，也不再有剛從餓鬼道裡出來大吃大喝的表現了。

曾經聽見有些不願參加禁食閉關的人說，要他們不吃還可以，不喝可是不行。何況，在不吃不喝中，還要五體投地的大禮拜。我的確看過許多人閉關到了後來，痛苦得全身無力、疲軟、頭痛、乾嘔，走起路來輕飄飄，連回到房間去的幾步路都難以支持。但是，每個人卻都發現，不論過程是多麼的辛苦，每參加一次，經過戒律的持守，意念的止靜，以及心靈的回歸，在身心靈三方面都會得到平衡，有所變化。

這種禁食閉關的修行方法，相傳是過去世中一位光華比丘尼所流傳下來的，她感染了有毒的痲瘋傳染病，全身被膿血的腫瘤覆蓋，她接受了觀音的灌頂與修持教示，努力的修鍊，而得到了痊癒。由這個故事，猜想禁食閉關透過精神與生理的全面淨化，增強了人對病毒的抵抗免疫力量。前陣子，到以色列去朝聖，被傳染了感冒，同行人拿西藥給我消炎，吃得舌頭發麻，感冒也沒太好，最後，乾脆什麼藥都不吃，每天只喝礦泉水與生果，安下心來，感冒很快就不藥而癒了。

參加禁食閉關，依照理論，應該是愈後來精神體力愈差，在閉關的過程中，有時眞會沒出息到最羡慕佛堂裡的懶花貓，只見牠軟綿綿輕鬆鬆的躺在佛堂裡呼呼大睡，我們卻必須拖著倦乏的身體五體投地的禮拜。但是，我卻發現禁食到了後來心思竟愈清明，精神反而愈好，可見平時有吃有喝時，還說疲勞沒有力氣，可能一半是得了懶病，或是精神沒有導向。根據修行法本，參加禁食閉關可以消除畜生道與餓鬼道的業障，這種說法其實可以有象徵意義，觀看自己禁食閉關中曾經與貓看齊，以及回家後曾經如同餓鬼一般，希望今後能夠更像人一些。

幾次的禁食閉關。都有不同的人帶領，有一回是一位西藏的仁波切，只見他坐在高高的寶座上面，越過老花眼鏡，頻頻觀望著前仆後繼的我們，匍匐地上，辛苦的做著大禮拜，流露出一絲隱約的不忍與憂心。所以，他不斷縮短我們禮拜的次數。流質飲料中還加入了熱量特高的可可。有一回，一位來自澳洲的比丘帶領我們，他大概覺得這種修持方法很苦痛，因此，他想要了解我們這些人爲何吃飽飯沒事做，要如此的自找罪受，而一一詢問眾人參加的理由。又有一回。一位美國女同修問我參加過幾次禁食閉關，當時我已做了六次。她聽見大爲咋舌，問我是否已變成「職業選手」。其實，每次參加都很辛苦，只是逐漸能忍而已。

佛陀修苦行，變成了皮包骨，覺悟飢餓不能使人成佛，而開始接受牧羊女的羊奶喝。耶穌禁食四十晝夜，開始感到飢餓，魔鬼來引誘他，耶穌說人活著不單靠食物，乃是靠上帝的話。禁食不會使人成佛，除非發揮一顆愛心。不吃不喝困難，一顆摯誠捨己的心腸更難能可貴。

記憶猶新，幾年前隨團去西藏朝聖，飛機從成都飛上了海拔三千六百多公尺的拉薩市，瞬間改變的高度，使團裡許多人都得了高山症。一位老教授心臟不好，臉孔都變成了嚇人的豬肝色，室友也得了嚴重的高山症，每晚並且必須用氧氣幫助呼吸才能入睡，她看見老教授的情況，完全沒有保留的把救心藥丸全部都送給了他。室友在平凡的生活中，發揮了可貴的菩薩心腸。

近來，最後一次的閉關，從佛堂中走出時，忽然看見紅磚頭的廊柱上面，擺了一盤剩存的餅乾，成群結隊的黑螞蟻們，川流不息的蜂擁著碎餅餘屑，準備儲粒過秋冬。當時看見了這個景象，我的心中忽然暗自歡喜，爲螞蟻有食物可吃感到欣慰。再一回顧，啊，竟然一點都沒有感覺自己的飢渴，雖然這只是一瞬間的心情，感懷初次參加禁食閉關至今，心境畢竟已有一些不同了。

塵心未盡俗緣在

在山林裏面閉關了二十五天，回到紅塵世界，親人友好對我的此舉皆有些好奇，每個人都來探詢心得。我告訴一位朋友，如今卻覺得人生中許多事情其實是整體性的，它們包含與反映得非常深遠，片面的描寫很難完全。而一件事情的最寶貴處，只在於它存留你心底裡的那份「眞實」。

在紅塵生活了幾個禮拜，寫作生涯的期許油然復甦，於是，山林生活的點點滴滴，又在心底裡面呼喚。偶然看見夾在書中的一張書箋，眞眞寫出了我的心境「塵心未盡俗緣在」。

之一　永遠不會老

閉關生活帶來一種很難忘的感覺，就是覺得自己永遠不會老。

在平常生活裏，每天總要花費時間來裝扮外貌。如果不是讓自己看了好看，總要顧及他人的觀感。經常聽人們在幾年不見之後，背地裏感嘆著某某眞是早生華髮，英姿盡消，花容憔悴。

活在「時間」裏的人類，老化的感覺是如影隨形，無可逃遁的。

初開始閉關的時候，還是活在習慣性的意念裏面，發現只是在短暫的閉關之中，竟然對閉關這件事情就產生了兩極式的感覺。不是覺得應該早日出關去辦理人生中更重要的大事，就是覺得閉關美好得應該永恒下去，因此漸漸了悟，人的毛病就是永遠以爲一件事情能夠解決另一件事情。閉關生活中反映的問題，其實與眞實人生中面臨的問題根本一樣，事實上，人最重要的只是活在自己的「當下」，也就是活在此刻之中。因爲，過去的事情早已消逝無影了，未來的計劃還沒有來到。而現在呢，它正如你的呼吸一般，只存在刹那生滅之間。

其實這個道理早就懂得了，就是無法實踐。而閉關的生活讓你無路可逃，一定要面對自己的內心，如果不能完全安下心來活在此刻之中，澈底孤寂的閉關的確會很難熬。而看見了自己的意念竟然在短短的幾天裏面不停的起伏轉變，究竟什麼想法才是眞實不變的呢？我們的一輩子竟然就不停的活在這些瞬息萬變的思慮之中，讓這些有重量的意念把額頭都壓出皺紋來了，其實生活本身不一定都那麼辛苦，我們的憂慮與思想使事情變得加倍的沉重。

閉關之中，完全不必花費時間去操心外表的打扮，每天最重要的一件事情就是觀看自己的心念，把頭腦這個老布袋裡的雜思垃圾一樣樣丟棄，直到後來，眞正愈加體會到聖哲的金玉良言，譬如，克里希那穆提所說，看見你的念頭時，要像看見響尾蛇一樣的趕快逃走。又想起荒漠甘泉中的一則故事：有一位老女人，每天都愁眉不展，憂天下之憂。一個晚上，她夢見在一條道路上，有一個惡魔把許多包袱不斷的丟在地上，憂愁的路人們就一直撿拾著這些包袱馱在背上。老女人忽然看見了眼前有一位穿亮白衣的光明影像，告訴她這一切包袱都是他們所不必背袱的。當她夢醒時，變成了一個非常快樂的人。

意念就是時間。落入了思慮之中，也就是被時間所拘捕，你一定要跟隨著它老去。在閉關的短暫時光中，忽然體會到能夠看透心的虛幻，活在氣息出入的每一個片刻之中，這是多麼輕鬆的一種「活著」。沒有了雜亂意念的佔據，不必顧慮他人對你裝扮的品評，每天甚至也忘記照鏡子，發現自己如果永遠保持這種心境與生活，眞的可以青春不老。

之二　心靈療養院

我們的閉關指導師愛雅・基瑪是一位年屆七十高齡的德國籍女尼師。

愛雅的生活經歷非常豐富，五十歲出家之前，她曾結婚兩次，有兩個孩子，如今早已晉級祖母。她說，雖然當了尼姑，她永遠還是一位母親，她認爲只要不和家人過度親近，身爲修行人反而更有機會把佛法傳給親人。她的足跡遍布世界各地，中國也曾經居住過，她在斯里蘭卡創辦了一個尼姑島，提供來自世界各地有志向道的女人一個機會修行。她的個子矮小身裁渾圓，面色總是發出紅亮的光芒，遠遠看眞有點像一尊彌勒佛。殊不知她年來得了乳癌，但是，她毫不以爲意的照樣行走各地宏法。有一次，學生看見從愛雅的袈裟衣服裡面隱隱透出血跡。去年，她終於動了個手術，但是，也不確保健康。愛雅得意的表示：「醫生說，我的身上沒有一樣東西是正常的。」

她總是對我們說：「你們一定都是造下許多善業，才能來到這裡閉關，好好用功啊！」

我想著，對於有些人來說，要他放下萬緣來這兒用功，可能還是坐牢了；對有些人來說，到這兒閉關卻可能比吃喝旅遊更加享受。當我閉關得喜樂時，不由得哼起電影「眞善美」裡面，瑪莉亞所唱的一首歌詞：「當我青春少年時代裡，我一定做過一些好事。」但是，初閉關時，聽到愛雅說的這句話，我只是喃喃自語：「造下了許多善業嗎？我只覺得自己是來這裡養病的。」

雖然閉關是在半年前就決定的，但是，完全沒有意料到在閉關之前，生活裡面發生的一些事情，使自己眞正感覺到需要一個閉關。發生的事情即使詳述給他人聽，也無法使人了解。如同一個人的見証，其實眞正是說給自己聽的。閉關之前，已經到達了一種對生命感到徹底孤寂與恐懼的狀態，而又體認到這份孤懼，它再不能倚靠任何人或事來把它解決。

閉關的生活中，道場的力量，如同一團空氣層暫時護庇了我。休憩在這團福祐的氣氛中，比昔日更加確切的想到佛陀所說「眾生皆病」。我正處於心靈療養院中，醫治心病。我眞正不覺得自己與精神療養院或戒煙毒酒中心裡陷入難題中的世人有什麼太大不同。

原來在我們生命的過程之中。累積了世紀以來外界所加諸的磨難與傷痛，它們如同一些隱藏的淤血，早已嚴重影響我們的心思循環，阻塞了我們本應有的無盡愛心，搖動了我們對生命的整體信念，而我們出於衛護自己的漠視它們，以為一種漠然就能解決所有問題，卻不知漠然的態度竟是一種傳染病，它使妳的心地變得冷酷僵硬。

閉關之中，這些隱藏的漠然在一些人事的牽引刺激之下，竟然開始放散變形，終於在一個靜坐的早晨，這份漠然已經長大如山，嚴重的壓迫著我的內心，使我徹底體會到一個不能原諒與愛的人，永遠得不到安心。痛苦糾纏的感覺使自己在清晨的禪坐之中，無法抑止的失聲哭泣。原本光明的心地再也不能容忍狹隘的情緒，在它的擴大拓展之中，崩裂了老舊的軀殼，內在的靈魂終於說出了它的眞心話語。在蛻變的心靈深處，浮現了基督微小又清澈的聲音：你們什麼人沒有罪，就用石頭去打死那個女人。

原來道德觀念不是讓我們拿來衡量別人的，愛雅在她的演講中再度提醒，每個人需要檢視的只是自己的道德，道德不是一樣被我們拿來證明主觀無誤的東西，而我們是否連意念上的犯罪都沒有？如果情勢所逼，誰又能保證心底裡隱藏的惡意，不足以使人拿起面前的刀槍？

淚水如同天降甘霖，我告訴自己：我原諒了，我原諒自己了。

走在紅木森林裡面，看見山路旁叢生的紅漿果，忽然想到十幾年前在西雅圖華大唸書的那個夏季，夏日的天空澄藍亮麗，金光閃耀的華盛頓湖面上白帆點點。晚飯後，入夏的天光永遠明朗，我和泰國室友蒂蒂龐，兩個女子在宿舍後面對湖水的山坡上，不知天高地厚的一邊行走，一邊摘取著道路兩旁的紅漿果放入口中。回憶的畫面，忽然使我自問：難道過去的一切眞比現在更加美好嗎？

回到家，翻閱克里希那穆提的一段話，才更加深切的了悟他的深義，他說：「只有歷劫無數又保持天眞的心，才能見到眞理。」

之三　愛的花朵

每天晚上最後一節功課，愛雅帶領我們做一個愛的冥想。

她所帶領的冥想之一，想像你的心田裡有一個萬紫千紅的花園，你把園裡的花朵做成花環，先給予那位在禪堂中坐得離你最近的人，然後，再給予你的父母，給予你的伴侶，你的師長、親朋等各人一個花環。最後，你回想一位難以相處的人，把花環送給他或她，當你把園中最美好的花朵分送衆人的時候，注意看他們的面上展開了愉悅的笑容。

自己向來對這種冥想都不認眞，彷彿是一個遊戲一樣。

閉關分成兩部份，第一個七天的閉關結束時，有一大部份人將要離開，原本是默默的閉關暫時解除，衆人可以隨意交談，認識彼此，那位在閉關中坐得離我最近的男士走過來對我說：「我在七天之中不停的把我的愛心與關懷送給你，因爲你是坐得離我最近的一個人。」

他從加拿大遠道而來閉關，有一頭略帶褐色的金髮，每天早晨不知是否過敏，經常大聲的唏哩呼嚕的不停擤鼻涕，使正在他旁邊靜坐的我無可奈何，此刻和他對面說話，發現他原來有一張純真的娃娃臉，聽見他的這番話語，我不禁羞慚起來，因為我竟然沒把這個冥想當真，彷彿一直得到他人愛的禮物，自己卻茫然無知，無以回報。

我的室友之一是一位意大利女郎阿利雅，她有一對碧綠的美眸，高挑的身裁。我第一天走進禪堂選座位時，錯佔了她的位子，以為她的座墊歸公家所有，第一堂課結束，她拉著我到一邊悄悄說道：「你用了我的座墊，但是，沒有關係，我要你用它。」

阿利雅在七天結束時準備離開了。她在屋裏收東西時，我正進來，我們談了一番話。她告訴我：「我第一天進寢室，本來想選你睡的床位，因為你的床位上方有一尊藥師佛，但是，我覺得應該把這個最好的床位留給別人，因為，也許有人會比我更需要。我在禪堂選座位時，特別選擇放了幾尊藥師佛在窗台上的窗戶下方，而妳進禪堂，竟然坐在我的位置上用了我的座墊。後來，我發現你原來就是我的室友，我就確信你一定比我更需要藥師佛在你的近旁。」

我的寢室中有三個床位，我是最後一個進入寢室的，而兩位室友卻把最好的中間位置留給了我，聽完了阿利雅的一番話，我的心中一陣暖意，原來這些原本陌生的道友，竟然給予我這麼多沉默的善意。

參加閉關的東方人除我之外，還有二位。鄭是從新幾內亞來的華僑，她剪了個娃娃頭，戴著一付近視眼鏡，二十五個日子裡，她每天都笑口常開，人人稱她為開心果。閉關結束後，我對她說：「你永遠都在笑著。」

她告訴我：「我的心裡面其實很悲哀，靜坐七天之後，我發現自己無法再靜坐下去，因爲我所來的地方有許多很不好的事情，雖然我知道不是個人問題，但是，它們一直在我腦海裡反覆出現。」

聽見她的話語，不僅一陣慚愧，鄭帶給眾人的笑容後面，原來隱藏背負了多少世人的悲哀。在閉關之中，當我遭遇了不如意的事情，卻被私人情緒所綑綁，而以一張苦臉來回報世界。

湯霓是這次活動的主辦人，愛雅年來到美國傳法，大小事宜完全由湯霓義務一手包辦，她總是盡職盡分，鉅細無遺。湯霓有一頭男生似的短髮，體型渾圓，一陣陣開懷的爽朗笑聲，顯現出她的胸無城府。她過去曾在大公司中任職主管階層，後來感覺人生中有更廣大的目標值得追求，當她開始參加並主辦這些修行活動時，原先許多友人因不解而對她「另眼相看」，她也不以爲意。她沒有結婚，領養一個需要照顧的孩子，這個孩子如今已經成家育幼，湯霓很開心的告訴我：「所以，我和愛雅一樣，現在已經是個外婆了。」

透過修行，湯霓結交了來自世界各地的朋友。她說：「當我在家中靜坐時，彷彿和世界上所有的朋友同時靜坐一堂。」

心中有愛，人與人的距離眞不是以「道里」而是以「愛」計。眞正能夠愛的人，永遠不孤不懼，愛雅一再提醒：你對人類的愛，不是因爲他愛你，你才愛他，愛是一種「能力」。

看見過往的路人，不由得產生走過去把花環套在他脖上的意願。

之四　感應

回到家，發現在自己遠離的日子中，丈夫把家照料得有條不紊，連床鋪都疊得好好地，廚房桌檯上還留著一張信箋，歡迎我回到家中，母親已經來電詢問是否安全歸家，好友自遠方寄來一整箱的新書，無數的電話留言，遠方的傳眞信箋，邀請參加活動的通知。

閉關的日子裏，雖然沒有和衆人聯繫，但是，在每個晚上愛的冥想中，似乎世人和我的心反而更加接近了。而這些訊息是否都透過宇宙天線和他們連接上了呢？一些原本有些芥蒂的人們，都主動的捎來了訊息，我特別詫異的讀到一張傳眞信，它來自於一位不符合我的道德觀的友人，當我在閉關之中，終於超越了主觀的評斷，這位朋友竟然在同一個時間裡，從千里之遙的地方，傳眞寄來這封信箋，第一句話竟然就對我說道：「請你原諒我。」

難道人類的心靈眞正是超越了我們肉眼所能見的範圍嗎？

閉關之後，愈益相信境隨心轉。如果人能夠把自己的心田照顧良好，這個世界自然將隨之而轉，一種改變，並不永遠依靠著人爲的外在的努力才能成功，許多最深刻的訊息，原來都是在默然之中符合了天意。

另一種修道

有一位女友自從虔心修道後，洗淨鉛華，不再打扮也不化妝也不購買新衣。另一位女友曾去她的家裡拿一些她不再穿著的衣物，描述衣櫃裡滿坑滿谷的衣裝，衣櫃的架子都快要被壓斷了。這位女友昔日是以購貨中心所在地來認識高速公路的出口。自從她轉向自己的內心生活，所有外在的事物都可不要了。她的轉變眞是劇烈，連帶原先的生活形態與昔日來往參與的人事都放掉了。

有一次與她及幾位朋友同去紐約參加達賴喇嘛的法會。休息時間，幾位女士一同在路上散步，看見了路旁小舖，我們就東張西望，但她是目不斜視、毫無興趣。她專心的修道，將世俗的事物加以摒棄，身邊的親人都望塵沒及，自然也引起一些無法配合的困惑。畢竟世俗之人還是有許多俗事必須照料啊。

有一段時間，我經常前往道場，同時也經常出入社交場合。每次前往道場修道，就素衣素服。而前往社交場合，就穿紅戴綠。這樣的日子過久了，自己也感覺好像有點虛僞。記得一日上道場，一時疏忽隨便套上一雙花溜溜的大毛襪，進了修道的場所，腳丫上那種鮮目的色彩，連法師都頻頻投以異樣的眼光。後來，我決定不能再過這種兩面的生活，於是我尋找一種中間的方式，穿著打扮得既不過度樸素也不過分醒目，不論是去修道還是社交，同一種打扮都不會太不適當。於是，我的內心也取得了一點平衡。

實在說，如果人不必花費時間在外表的裝扮上，的確可以節省許多心力與時間。但是，如果人還是必須參與一些世間的活動，完全不注重外在的裝飾還是有點隔隔不入。衣飾其實是給外人看的，好看的衣服大多是不舒服的。一個人獨自在家時，經常都是穿得隨隨便便、甚至很邋遢。因爲這是最舒服的打扮，一個人只要面對自己，不必擔心別人怎麼看，自然是以舒服爲尙了。修道的人是修心，在修道的場所，所有人都不打扮，自然而然就節省許多金錢與時間，專注的修心養性了。

曾經參加許多道場的活動，放下所有外在的事物，專注的修練內心。一旦回到家裡，發現還是要面對那些生活俗事。民生問題、人際關係，都是無法避免的題目。有時感到有些沮喪，還是離不開這些實際的事物啊。一日忽然覺悟，其實這些生活裡的實務，就是我此刻必須修練的事情。如果希望得到內心的安樂，就從身邊的這些事情先做起吧。否則，前往另一個地方尋求安樂不是一種逃避嗎？食衣住行、金錢的安排、親友的來往、每日生活的規律……，這些其實都是我修練心性的一部份啊。

有說「做一天和尚敲一天鐘」，其實，上班的人就是做一天公事敲一天鐘。家庭主婦就是做一天家事敲一天鐘。每天早晨起來，將自己周遭的環境清理乾淨，該摺的被子摺好、該清洗的澡盆洗好、該吸塵的地吸好、該拉開的簾子拉開，所有規規矩矩的事都按照規矩做好，每日好像是嶄新的一日開始。生活就在眼前的一刻。

這位洗淨鉛華的女友，雖然對自己的修道做了澈底的交待，卻無法讓身邊的另一半感到滿意。經常聽見他的怨言，感覺他被妻子冷落拋棄了。因爲她完全信受出世的修道方式，而入世的生活裡還有許多責任與關係是無法丟掉的。她如何有智慧並耐心的讓另一半能夠瞭解接受，並培養出彼此都滿意的生活形態，其實是更重要的一種修練啊。如果有一天，女友忽然體悟到另一半心中的感受，而不是以經常離開家庭去參加修道爲修道的唯一方式，或許她的修道能夠進步得更加快速吧?!

另一位女友曾經很想出家修道，有很長一段時間，她雖然沒有離開家庭，卻過著幾乎是出家人一般的生活。她也經常離家修道。而她很幸運，因爲她的另一半都能夠接受，從不加以干預。然而，經過許多年的尋尋覓覓，她發現即使有出家的機會，她未必想要出家了。因爲她也看見許多道場裡存在的問題，所謂有人就有問題，舉世皆然。而她更加發現，這麼多年來，原來是她的家人默默的在支持著她，幫助著她去修道。最後，她覺悟自己參加修道，以爲那些不去修道的人需要她的幫助，事實上，一直得到幫助的人是她自己啊。她開始感念身邊的親人，他們一直沉默的接受她去追尋自己所要的東西，而他們沉默的支援，不正是另一種的修道啊。

出家

朋友的妹妹決定要出家。朋友困惑是否應該讓妹妹在出家前回家與老母再見一面，卻又擔憂著老母的情何以堪。朋友說，主要是老母捨不得女兒出家後將過著清苦的日子。因爲老母看不出出家後的女兒將會得到什麼快樂，她只看見幼女放棄一切物質的舒適後辛苦的歲月。

我問朋友，妹妹自己對出家的心態如何？朋友說，妹妹已經完全想清楚了。至今仍然單身的她，幾年前已經將工作辭去，房宅變賣，跟隨著聖嚴法師修道。幾年後，師父點名教她出家，表示她已準備好可以剃度了。妹妹沒有家累，老母也有兄姊們照料，除了摯親對她出家的不捨，她其實沒有什麼太大的牽絆。而且，出家修行的生活是她自己的心願。

朋友與我雖然沒有出家，但是都經歷過一些道場的生活，我們經過那種清貧的生活，不打扮、不看電視報紙、吃素(甚至禁食)、打坐、拜佛、念經。早晨三點半或是五點半起床(視不同的道場規定決定起床時間)，打坐拜佛之餘還要去廚房幫忙做飯菜，或是清掃廁所等。有些道場的居住情況稍好，有些道場資源貧乏，曾經在一間小屋(只有一個盥洗室)裡與七、八個大人一同打地舖。

有一次回家和母親談到自己在道場的歲月，母親有點不解爲何膽小的我住在陌生地方竟不害怕。一時之間，我也答不上來。或許道場裡什麼都沒有，卻只有那個「道」存在的力量。而一種修道的力量，以及對內心生活的觀照，竟然使人忘記了外在物質生活的缺乏。藝術與寫作等心靈的生活，也能帶來某種內心的安定、專注、皈依、喜悅與力量。人需要皈依，不論是投注到外在的事物，或是轉向內心的力量，都是一種皈依。而人們缺乏內心的觀照時，注意力自然就轉向外在的生活，依靠外在事物的增加與擴大來得到快樂。這就是世間的歲月。而這也是一件很妙的事情，因爲外在的東西是看得見聽得見可以觸摸的，而內心的生活是看不見聽不見摸不到的。人們感覺修道生活缺乏吸引力也不足爲奇，因爲從外觀它眞的沒有意思，還要放棄許多東西，沒有好吃的、好穿的，也不能多說話。沒有舒適的高床大舖，沒有熱水澡可以泡浴。而且，每天都要早起不可懶睡覺。不斷的靜坐、拜佛、禱告冥思，對實際生活的人們而言，不能明白這是什麼意義，有什麼利益可言。

有一位女友也是單身，有一段時間，她經常在美國的萬佛城清修。萬佛城比起一些道場是更加清苦，她參加修道的時間也很長。然而，沒有家庭牽累的她並不想出家。她坦白告訴我，她對那種能夠喝喝咖啡與朋友談談心的生活仍有一種喜愛，她無法永遠過那種早晨三點鐘起床的生活。另一位朋友，她非常喜愛靜坐，最後終於出家。幸運的是，她的丈夫與孩子們都十分支持，兒子甚至步上她的後塵，打算出家。

這些年參加廟院的修行，看見不少原先與我們同修的人們，最後都剃度出家了。一位經常惹事生非的朋友，他甚至在辦公室裡還藏有槍枝，最後在法師的度化下，出家到佛學院讀書修道去了。有一位來自台灣的長髮秀麗女郎，初時不確信她眞會將美麗的秀髮剃盡，隔了一陣子再遇見她，已經成爲三千煩惱絲盡除的女尼。一位昔日聞名寶島的電視明星，經常看見她脂粉不施的在廟裡認眞聽經。幾年後，她出家爲尼。記得她初出家，一日我與她站在廟裡談話。一身素服光頭的她，滿臉的喜悅，笑盈盈的看著我，她的容顏比出家前更加清新。她舉起手，爲我拿掉一根落在衣肩上的長髮。

有一段時間，我經常參加道場的修道活動。每逢感恩節，當大家吃火雞時，我就參加禁食閉關，不吃不喝。到了聖誕節與新年，大家熱鬧吃喝送禮，我經常都到廟裡去念經打坐了。有一次閉關二十幾天，清淨多日，出關後思慮減少，感到輕鬆快樂，頭腦也清明起來。人人看見都說變得年輕了，甚至有說如同「少女」一般。過了好些年，因爲一些因緣的轉變，漸漸不再參加修道活動。我開始旅行，經歷風土人情，觀賞世界美景，品嚐佳餚，欣賞藝術、戲劇等。這種日子過久以後，開始瞭解爲何許多人不能瞭解貧簡清修的歲月有何樂趣可言。從入世的豐美看來，修道的生活眞是一無所有。然而，由於自己曾經參加道場的生活，雖然更加瞭解世人爲何看不出修道生活的意義，卻也不可能落入一種忽略心靈生活的狀態，只是尋找著一種心靈與物質的平衡。畢竟人屬於物質也屬於心靈，因此這兩者之間的和諧就是一種永恆的學習了。人不能在壓抑自己之中生活，任何形態的生存，不論是物質的還是心靈的，都要出於自己眞心的喜悅與瞭悟。

印度大師奧修對「富足」的看法，他說：「有一半的人類接受了內心世界卻否定了外在世界。另一半人類接受了物質世界卻否定了內心的世界。他們都只得到了一半，只有一半的人是不能滿足的。你必須得到完整，身體富足、科學富足、冥思富足、意識富足。我的看法，只有一個完整的人是神聖的人。」

翻譯了一本名爲「雪洞」的書籍。內容敘述一位英國女子出家爲尼(法名丹津・葩默)在喜馬拉雅高山洞穴中靈修十二年的修道經驗。她在十二年中居住在一個狹窄無比的洞穴，小小的靜坐墊就是她的床鋪，她從來不曾躺下來睡覺。更不用提什麼洗熱水澡、吃糕餅巧克力。她不但要面對寒冷的天候，還有高山上的各種野獸(幸運都沒有傷害她)，一次她的眼疾發作不能見光達七個禮拜之久，她就一直垂著眼皮坐在黑暗中。有一段時間她的糧食沒有運到，她幾乎斷糧，變得形銷骨立。還有一年冬天的大風雪差點將她活埋在洞穴裡。經過了這麼多的苦難，她過著世人匪夷所思的歲月，卻從不曾感到無聊，而且表示在洞穴修道是她的最愛。而她在雪洞差點被冰雪活埋時，她與死亡面對面，不但沒有懊悔自己選擇洞穴修道，反而感謝自己當年選擇了出家。

翻譯一個與自己的生活看似天差地別的故事，它所探討描寫的問題，就是午夜夢迴時，每個人內心都知道終將面對的生命眞相。美國作家愛倫坡的「紅死病」，描寫人們建築堅固的城堡享樂度日，躲避城中流行的紅死病。一個化粧舞會的午夜，一位戴著骷髏面具的不速之客來到，原來就是紅死病。死神的來臨是永遠無法逃避的。生活中的種種，如一張張面具或是片片布幕，在白日的喧嘩中，核心問題暫時被遮掩住了。但是在內心深處，你知道有一樣東西在那裡，它一直等待著你。人害怕面對一種終局(審判?)。丹津・葩默在「雪洞」的經歷，就是一種終極的面對吧。曾經讀到一句使我印象深刻的話語：「人可以終其一生不走進任何教堂，卻不能長久不去面對自己。」

一位經常揶揄宗教的朋友，面對年邁失去健康的雙親，接受建議買烏龜放生爲父母求壽。朋友都不相信他會做這種事情，一日他誠實的說，他害怕父母死去。摯親的死亡是人們感到最接近的一種恐懼，朋友懼怕父母死亡，何嘗不是自己對生命結束的恐懼。他可以不信宗教，但是他已經在面對著生命的問題了。這也是宗教觸及的核心問題。

還有一位朋友，當她的父親逝世時，她忽然面臨一個極大的「問」。她開始問人死了到何處去?朝夕相處的一個人，忽然就沒有了。他到那裡去了?她去跳傘，從高空中跳下，做這種一般人不敢面對的事情。她打了一手臂的預防針，到世界上最苦難的地方印度加爾各答跟隨泰瑞莎修女爲窮人服務。經過了種種的心路歷程，她漸漸覺悟，她走出來了，與人分享自己的心路歷程。曾經是外冷內熱的她，將自己沒有保留的打開，眞誠的與每一位朋友分享自己的生命過程。她是一位世俗眼光中有福的人，她常使我想起的倒不是這些客觀的條件，而是那一顆眞實的心，坦誠的面對生命。她有一個誠實的靈魂。

丹津・葩默在「雪洞」中面對的，不正是所有人類終究都要面對的一樣東西？當我們不瞭解她爲何要做這件事，其實我們是不瞭解自己，不瞭解生命。

許多人是在生命的痛苦、無常與失落中開始尋找心靈生活。

看見一位老人家在與他相愛一生的妻子備受折磨逝世後，嘗到極度的哀傷與遺憾。一生中很少靈修的他，忽然開始每天不間斷的禱告，經常到天主堂望彌撒，到墓地爲亡魂誦經。老妻在世時，信仰天主教的他們忙於生活俗事，幾乎沒有機會做這些靈修。而他在妻子逝世的大慟之中，開始追尋他的信仰，獲得心靈的庇護與安慰。

一些豐功偉業的人到了老年，漸漸發現手邊能夠掌握的愈來愈少，而病痛接踵而來，才開始思索內心生活的意義。

佛陀說「覺有情」，如果人是無情物，就不需要這些心靈的安慰與皈依了。而人類經常也是「不見棺材不流淚」，或是如「飄」的郝思嘉的名言「我等明天再去想這個問題吧。」出家是否一個最終的答案呢？或許它是一種階段，一個過程。還是看每個人本身對生命最終的觀照吧?!

想自己出國二十幾年，與摯親遠隔重洋，一年也難得見到一、二次。雖然不是出家，但是意義也類同。有一年回家，思索自己爲什麼要遠離親人，在家中住了一段時間，感想如果不離開這個家，恐怕永遠也長不大了。而人們選擇了出家，也是尋求一種精神的成長吧。如果不放下一些舊有的東西，人如何前進呢。而離開家庭的人們，雖然看來是暫時告別了親情，沒有照顧到人情，當他們獲得了內心的堅強與安定時，或能幫助陷溺在生存中的親友。出家使人感到傷感，一方面也是看不見內心生活的意義。事實上，人不必出家，也是時時在做著分離。住校、當兵、出國、結婚……，不都是一些不同形式的出家嗎?其實我也是出家了。多少年前，在那個離別的機場，從母親眼中隱隱的哀傷，我已經讀到了出家的滋味。雖然二十多年來，太平洋兩地來來去去，卻永遠不一樣了。這就是一種成長，一種無奈的割捨。而它終究的目的，就是生命必須的成熟階段，在身心靈三方面得到進化吧。

無心插柳

菩提學會請我演講與「翻譯」有關的題材。回顧這幾年來的翻譯路程，不由得浮起「無心插柳」這幾個字。心頭一陣懷想。

之一　人生中不可不想的事

從來沒有想過要做翻譯的工作。一來自己不是專業的翻譯者，二來沒有翻譯書的動機與興趣。

翻譯書是從上了一堂哲學課讀到克里希納慕提（J. Krishnamurti）開始的。克里希納慕提被譽爲世界導師，但是孤陋寡聞的我當時讀到他的作品，只覺得這人的名字爲何這麼冗長。他的內容並沒有立刻深深的捕捉到我，但是我莫名的有一種想要把他深讀一些的感覺。至於爲何採取翻譯的方式來讀他，實因自己是個很差勁的讀者，唯一較喜愛且能夠定心做的事情就是筆耕，因此我用書寫的方式來讓自己安心閱讀克里希納慕提，就此開始了我的翻譯工作。

當我翻譯了幾萬字，沒有認眞考慮是否能夠出版的問題。當時的我處於某種心境，而克里希納慕提所說的一些話語開始攫住我處於困惑的內心。他的言語奇妙的產生出一種能量與力量，譯書的過程裡常感覺到他彷彿在對我說話，有時甚至感動得淚下。後來發現這種感覺並不是只發生在我個人的身上，許多傾聽他演講的聽眾都曾有過與我類同的心境，覺得克里希納慕提在對著他們說話。或許當時的我處於生命中深刻的一種情感裡，而克里希納慕提談說的就是生命中最深刻的一些事情，如果缺少一些對生命情感深入的體會，他的言語或許無法擊中內心。於是，我就這樣一直不太清楚克里希納慕提究竟是何方神聖，卻很不可思議的在譯書過程裡不斷的感應到他的精神力量。

克里希納慕提在我翻譯的「人生中不可不想的事」（Think on Those Things）說過一段話，說中了我讀他的一種心情。他說當你觀賞一幅很美的圖畫，你覺得非常感動，至於誰畫了這幅畫又有什麼重要？如果你唯一關心的是瞭解它的內容與畫面的眞相，那麼這幅畫自然會傳達它的精義給你。

翻譯這本書始於一種有趣的試驗性的心情，沒想到那年夏天認識了一位專門從事翻譯的文友，從她處得知台灣正開始一系列所謂新時代書籍的刊印，而我譯的這本書正在他們的書單之上。於是我的無心之作就這樣順利的得到了出版。而這本書竟然是台灣翻譯克里希納慕提的第一冊作品。如今他的著作已經有不下數十本翻譯成中文在台灣流通，而我就是這麼帶點糊塗的開始並完成了這麼一件重要的翻譯工作。我不知道克里希納慕提是世界導師，我也不是因爲他的名氣才翻譯他的作品。克里希納慕提排斥了通神學會加諸的彌勒佛轉世頭銜，也拒絕接受通神學會給予他的地位資產。他甚至告訴所有聽眾不要尊從他爲上師，因爲眞理是一條沒有道路的道路，如果你固執尊崇某人爲你的上師，他有一天將變成你的惡夢。克里希納慕提就是一個這麼「眞」的人。他打破了所有的形式與派別，以完全沒有術語又自然的言語，說出人生最根源的眞理。初讀他的言語，有點震撼世界上居然還有這種人的存在，他說出了如此「不合潮流」的言語，卻又是我心底裡模糊知道的事情，但是在世界上卻找不到幾個人能夠這麼直接又勇敢的將它說出來。他如此不妥協的告訴我們一些事情，最後我終於瞭解他的言語畢竟是最「究竟」的。

雖然後來無緣再翻譯克里希納穆提的作品，翻譯他的心境也已經失去，但是克里希納慕提在我的心中永遠留有一席之地，只因他說出一些眞實的話語，與我這個小人物發生了感應，在我人生中的某個階段裡，他曾經帶領並且啓發了我，直到現在。

之二　轉世之思

「少年耶喜喇嘛」（The Boy Lama, 再版後改名「轉世」）最初吸引我的原因是耶喜喇嘛的人格。在傳統的脩道生態環境裡，耶喜喇嘛無疑說出了一些十分符合人性的話語。而他又不是一位沒有修證的老師。而這本書的主題是轉世的問題，也是我一直的迷思。動念翻譯這本書，由於閱讀時感受到一種描述轉世過程裡能量轉移的氣氛，產生一種筆耕細讀的心境。

耶喜喇嘛最吸引我的一點，是他對心靈生活的宏觀。宗教世界與其他的世界沒有什麼太大不同，經常充滿了狹窄的門戶與派別之見。而個人的心靈歷程，經常感應到超越了不同的形式與名稱，在心靈的感動及深入的精神層次裡，其實宗教是相通的。耶喜喇嘛能夠深入看見所有宗派後面相通的精神力量，他不拘泥於傳統形式，認爲瞭解人類心靈的運作，深入所有宗教的精髓，傳播仁慈，發揮美好的心地，這才是所有精神生活的要點。而他不是說說而已，他對此有眞正的認識。

有一年聖誕節，他根據基督的意義，做了一場非常有深度的演講，並且告訴聽衆應該如何準備迎接基督。有一次他到了義大利的比薩，他衝去找梭巴仁波切，抓著他的手，帶著不掩飾的興奮說：「來，我要給你看一樣東西。我發現了美妙的事情。」他帶著梭巴仁波切到了亞西濟，他得意洋洋的指給他看聖方濟的洞穴：「你看，西方也有瑜珈士，他們也用洞穴。」

耶喜喇嘛的言語，對我是另一種解脫，他是繼克里希納慕提之後，另一位勇敢打破教派與成見的老師，而他所處的地位與克里希納慕提不同。克里希納慕提是無教無派的自由人士，耶喜喇嘛卻是一位藏傳佛教的喇嘛，耶喜喇嘛的言語與作風，無疑爲拘泥傳統的宗教生態吹入一股清新之風。

耶喜喇嘛一直强調佛壇應該是屬於個人的事情，每人放置對他們自己具有特別意義的東西。

在他的講壇上，他放了一架玩具飛機，這是他接近學生與傳播佛法的神聖方法。他不遵禮儀的把傳統供佛的香用噴香水取代了，他比較喜歡這個方法並且覺得容易使用。

我有一個靜坐的小佛壇，放了一張猶太教彩色繽紛的生命樹圖繪(與藏密的彩色曼達拉有異曲同工之妙)，還有荒漠甘泉、印度大師奧修的禪塔羅牌。我的佛壇就是這麼的不符合傳統，這麼的超乎尋常運作的方式，卻是如此的符合我的內心。而這些靈修媒介的來臨完全不是出於刻意，都是經過生命歷程裡一些掙扎與追尋後獲得的認識。它們對我的心靈具有特殊的、親切的意義。但是只有我自己能夠明白它的意義。耶喜喇嘛强調佛壇應該是屬於「個人」的事情，或許，他也是唯一能夠瞭解我的心路歷程的人吧!?

耶喜喇嘛轉世爲宇色喇嘛，記得翻譯維琪・麥肯基寫的這本書，筆耕了許許多多個輪迴驗證的故事，都是一些對接近耶喜喇嘛者的眞人實事的採訪。翻譯完畢，雖然對書中的故事有一種無法否定的尊敬，但是對於輪迴這件事還是知其然而不知其所以然。實因個人缺乏心靈的實際經驗，沒有眞正體悟心念的本質，如何能夠完全明白輪迴過程裡心靈的運作呢?對於缺乏開悟境界的人而言，輪迴將是一件永恆的神祕。

宇色喇嘛十五歲了。他於公元兩千年曾前往台灣宏法並施予灌頂。宇色喇嘛年幼時圓壯有趣、充滿活力，頗有點耶喜喇嘛的形狀。然而長成一位十五歲的少年後，看來卻是秀氣且有點羞澀。然而，他的眉宇之間卻充滿了仁慈與善良。看著修長的他雙手合掌腳上屣一雙僧人便鞋微笑走來的圖片，周身都散放著清明和氣的光芒。當記者採訪他施予灌頂的感受時，十五歲就能給予如此完整灌頂儀式的他卻幽默、誠實、可愛的謙說：「當我做灌頂儀式，一開始我好害怕，舌頭都完全乾掉了，嘴巴裡一點口水也沒有了。你看我多害怕！我的手在發抖，我只好說幾個笑話來打破僵局。」

記得「轉世」書中有人接受採訪時表示，這個轉世的重點不只在於宇色喇嘛是否耶喜喇嘛轉世的事實而已，而是他將來是否能夠將心靈的訊息帶給世人，這種精神是否能夠繼續的流傳下去。閱讀著宇色喇嘛的言語行爲，感受到他那股清流般的氣質。我想，他展現的人格也就是這項轉世最重要的一件事情了。

之三　雪洞的呼喚

我發現自己經常被一些孤獨靈修的故事所吸引。或許與我傾向孤獨的的個性有關。曾經翻譯過一本十九世紀的經典之作，內容描述一位獨臂俄國農夫孤獨行走西伯利亞的森林及大草原，口中不斷念誦基督禱辭的故事。這本書沒有機緣付印，但是譯書的過程十分喜悅，那位行腳僧踽踽獨行、一心向道的身影，就在我的心底裡迴盪了好久。

翻譯「雪洞」(Cave in the Snow) 的前後過程，丹津・葩默這位前往喜馬拉雅山洞穴修道十二年的英國比丘尼，她生平的點點滴滴，如同那位十九世紀的獨臂僧人一般，經常在我的心頭迴響。雖然我知道自己永遠也做不到像她這樣的壯舉，獨自前往海拔一萬三千呎的高山洞穴修道。我害怕的事情太多了，我不敢冒著生命危險攀登險峻的高山，我連一個人在家過夜都害怕，更別提跑到黑漆漆呼天不應叫地不靈的高山洞穴，經常有野獸的出沒。其他的食衣住行各種細節就更不用細說了。有一年，丹津・葩默遭遇到大風雪，差點將她活埋。想一個人過如此不可思議的生活，生命裡還有什麼事情是她所懼怕的呢。翻譯這本書，這位女人所代表的，就是我最缺乏的東西。我充滿了恐懼，又不獨立。精神、物質、身體、感情，都不獨立。生命是如此的無常，人生中時時都有危險與恐懼的逼迫，丹津・葩默代表的是一種精神，提醒我們要往深處尋覓。人終究要面對生命與內心深處的種種問題，否則我們是無法得到解脫自由的。

雖然這本高山修道的書，曾經是我心靈深處的呼喚。翻譯完畢，感想其實每個人在生命中都有他扮演的角色，能夠眞實面對自己生命的問題，以修道精神接受自己的處境，不怨天、不尤人，以一顆智慧的心來觀照生命中種種的遭遇，其實也是一種踏踏實實的修練。

翻譯書是一件「有機」的事情，我選擇翻譯的書籍都是靈修類，能夠「滋養」心靈的作品。曾經有人問我，爲什麼要花時間做翻譯，多讀一下不就好了。我想，自己從事翻譯的心境有好幾種。其一，我其實是個「心不靜」的人，唯一能使我靜心做點事又不至於厭煩的工作就是寫作。而我的英文程度有限，只有好好坐下來翻譯，我才能眞正的吸收。翻譯靈修的書籍，某些言語、片斷、經歷會忽然攫住了我，或是棒喝了我、觸動了我，或是給我某種感想。翻譯者必須先被作品觸動，或多或少要被感動。假設一本書沒有先激勵、啓發或感動到譯者，讀者如何能被吸引呢？前往洞穴修道的路途是「心嚮往之」，卻「遙不可及」。然而，能夠先在家裡坐得住，將這個故事書寫下來，與書中人物神交一番，再將她的訊息傳播出去，也是一種「就地取材」的權宜修道吧。

只緣身在此山中

蜿蜒的山路轉來轉去。坐在汽車裡面，沒有多久，剛吃下去的晚餐都要嘔出來了。緊緊的閉上眼睛，胃的噁心，使整個人都昏眩起來，清楚的知道此身非我所能控制。剛起程走上求道的山路，就嚐到不比家中安適的滋味。

蜿蜒的山路結束，車子開始蹦跳行駛在崎嶇的泥土路上，車道左下方的溪澗，歷經一個乾燥的夏日，如今已經乾涸，車道右邊的山地，間或看見大片黃土斜坡，冬天泥崩的遺跡。

發加盼尼中心到了。那對繪飾在廟堂白牆上的大佛眼，神秘的與我們對望著。

事實上，這個修行的地方距離我們在山下所居住的城鎮只有一小時左右的車程，但是，這條難行的道路，加上深隱在紅木森林裡的地理位置，使它十分符合閉關必須具備的隔絕。

來到這個地方閉關，心理上已經做好準備，把凡事簡化到最簡化。晚上，站在女生宿舍外，雜草堆中的水龍頭旁邊，用塑膠杯盛了水，在滿天星斗陪伴下，刷完牙，漱過口。閉關的日子裡，除了隔天上山沖個澡，盥洗設備的缺乏，使我每天除了刷牙之外，乾脆不洗臉，大不了用乾毛巾擦擦臉。後來發現，一張不化妝的臉孔的好處，就是可以不必天天洗臉。進了宿舍，一頭鑽進上下床舖下舖裡的睡袋。這個晚上可眞夠熱鬧，嘰嘰嘎嘎的磨牙聲，震耳欲聾的打呼聲。半夜，迷糊之中，手電筒的光芒探索四射著黑漆的宿舍，雜沓的腳步聲，走向宿舍外的活動廁所。清晨破曉，短促的鬧鐘忠心的叫喊起來。另一個國語鬧鐘，有腔有調的親切道來：「現在時間，早晨六點零三分。」守正睡在我的上舖，棉被已經掉到地板上。對面的曼玉睡在上舖床位，通宵未眠。一整個晚上，她既緊張地震會搖垮這間斜倚山邊搭起的木屋，又害怕自己要從床舖上面掉下來。她有半夜如廁的固定習慣，非得打著手電筒走到山谷邊，摸黑進入伸手不見五指的活動廁所。第一個早晨的靜坐，可想而知，一半在補足昨夜失落的睡眠。羅賓那是帶領清晨靜坐的女尼師，說是靜坐，只聽見她不停的說話。一節靜坐，使我頭昏腦脹，我不停的嫌她吵，尋求寧靜海而不可得。聽了克諦仁波切的開示，又覺得老生長談，他演說的佛理，我早都知道了，聽來只覺得重複。修道兩天後，我坐在耶喜喇嘛的佛塔旁邊，心中不停的和自己辯論我是否應該打道回府，這個地方的靜坐課程與演說內容，無法使我產生興趣。耶喜喇嘛的佛塔坐落於紅木森林的中央地帶，彩燈與彩帶，把佛塔頂端與幾棵參天的高大紅木聯結起來。佛塔旁，小瀑泉的細水叮鈴鈴的不斷流入池塘。懸掛彩燈線上的四個風鈴，隨著間或的微風，從四個不同的方向，發散出清脆的靈音。我望著四圍參天拔舉的紅木樹林。此刻，如果我所敬愛的耶喜喇嘛還在世上，他會給什麼建議呢？留？不留？依照心情，我眞想離開這個閉關的地方。我想開車到一個遙遠的紅木森林裡，不要聽這些早已知道了的佛理，當我到了那個紅木森林，要舒舒服服的躺下來，什麼也不要想，什麼也不要聽，徹底的休憩。可是，我的心中又有點掙扎，如果我一走了之，是否太沒有交代？有幾位同修打算先下山去，留下我和曼玉，每晚摸黑回去，她可能需要我的陪伴。紅木森林入夜後，無燈無月，天地漆黑得彷彿一幅潑墨畫。每晚最後一堂講經結束，幾個女生手挽著手，手電筒的光圈照射著參差的林木，在山路上相倚前行。曼玉總是挑大路走回宿舍，說是害怕碰到蛇。我本來不把這話放心上，直到有一天眞的在小徑上看見了一條細綠的青竹絲。它窸窸窣窣的趕忙躲回草叢，似乎比我更加驚駭。

紅木森林亙古靜默的矗立身邊，午後的陽光篩過綠意盎然的樹梢，溫湲的拂拭著我。腦海裡，忽然閃過一個意念，我如此想要跑到另一個紅木森林裡，怎麼沒有想到，自己現在根本已經坐在一個森林裡面了？或許，我應該再給自己一個機會。我告訴自己，不論如何，留下來吧。做完決定，回到宿舍，收拾了一些衣物，爬到山頂，進入建搭在山邊的木頭沖涼間去洗澡。曼玉曾經來洗過澡，直呼門沒有鎖，使她一邊洗澡，一邊緊張。我發現她選錯了沖洗間，除了她用的那個房間，所有其他的沖洗間都是帶有掛鉤的。企平也來洗過澡，她直擔心有人偷看。我把衣服掛在沖涼間的幾個鐵釘上面，站在水龍頭下方的小圓木上，打開了水龍頭，山間的泉水充沛的灑落身上，冷熱溫度調整得剛好，一邊洗澡，一邊眺望沖涼間大開窗戶的外面。滿山滿谷的青翠綠意完全吸收進來了。這輩子，從來沒有和大自然如此接近的洗過澡，呼吸著從深遠的山谷裡傳送來清新無比的氣味，滿目的綠意，如同一場心靈的盛宴。偶或一陣微風吹來，全身全心，每個毛孔都打開，和大自然的律動結合了起來。我想著，如果有人這麼費事，居然能夠爬到這個不見底的山谷裡偷看人洗澡，那麼，就讓他看吧，這一切，又有什麼可稀奇的，不過都是大自然的一部份罷了。洗完澡，站在耶喜喇嘛的火化爐旁邊擦乾頭髮，一面從火化爐四周的石洞裡，察看著裡面殘存的灰燼。身處於一位覺者曾經的地方，即使是他屍骨的所在，似乎也能體悟到一股超越生死的能量，他的身體雖然不再，精神卻永留人們心中。洗完這個暢快的澡，忽然覺得留下來是正確的。次日開始，羅賓那尼師的言語，居然不再煩擾我了。本來，我不停嫌她的聲音又快又急又大聲，她說一個小時，我一個字也沒聽入耳。我以為這是因為她說的話語，無法使人接受。此刻，我才發現，原來不是她的聲音太吵，是我自己的心不安靜。當我的心念終於塵埃落定，騰出了空間，她的言語，字字句句，開始打入心中。

「我們的一生，一直活在眼見耳聞心想的迷惑世界裡，我們相信自己的感受，以為快樂是從外界來臨的，事實上，這是個謊言。」這是個謊言。我默默的咀嚼著這句話。是的，沒有錯，這是個謊言。我不是差點就中了自己的計，想要逃到另一個地方，以為在我的身外，還有個紅木森林，在那個紅木森林裡面，我將解決掉所有塵世裡的問題，原來，這個天堂根本不在身外，所有的問題，只存在我的方寸之內。羅賓那也是耶喜喇嘛昔日的西方學生之一。我聽著她清晰明智的談話，感念著耶喜喇嘛當年曾經誓願教導無人願意教導的西方人士，在這個價值觀念混淆的世代裡，耶喜喇嘛的精神，已經存留在這些西方弟子身上，惠益繼往開來的人群。耶喜喇嘛從來不願指使他的學生跟隨他的教化。他曾經說過，一位老師給予學生的是「知識」，一位靈修的上師，給予弟子的是「生命」，最高妙的教化，存在於那沉默未說的部份。我回想著，當自已坐在紅木森林裡耶喜喇嘛的佛塔旁邊，心中充滿了去留的困惑，不知耶喜喇嘛如果在世，將會給予我什麼建議。午後的紅木森林寂靜無語，或許，在微風中，天地間沉默未說的部份，已經流注我的心底了。

克諦仁波切的佛理，雖然十分的簡白，但是，二歲孩童能解，七十老翁未必能做。仁波切個子很小，使人想到一隻小金絲雀。他一邊講經，偶或從半垂的老花眼鏡後面。抬眼看看我們，俄籍的譯者把他的藏文翻譯成英文時，他用手輕輕觸著講台上花瓶中色彩明麗的鮮花，偶或嗅聞一下，淡淡的喜悅，溢於言表。他的面容，慈藹純稚。但是，有一天，當我得到機會坐在靠近他的左邊，望著他的側面容顏，卻忽然發現感受到一股與他的身形不成比例的嚴峻與力量。蘇珊特地從紐約州搭乘飛機，來到西岸參加這項活動。她曾經見過克諦仁波切一次，她告訴我，看見仁波切，能夠與他同在，這種經驗的本身，就是無比的喜悅。雖然仁波切的話語，聽來似乎都知道了。但是，從一聽再聽之中，更加深的沉入心底。我第一次注意到蘇珊，是在耶喜喇嘛的佛塔旁邊，她坐在木椅上，腿上擺著一片乾淨的黃布，正低頭閱讀著放在黃布上的經書。她一身的長衣群色調古雅，褐金的長髮編成粗辮，裹結在腦後，一個乾淨清爽的圓形髮髻，她使我想到中古時代的修士。原來，她任職雪獅出版社的編輯，這是一個純粹出版藏密書籍的出版社，她的工作酬勞並不高，上班之餘，她把時間大都用來學習藏文，她的生活，完全活在西藏佛法的精神中。她告訴我，在大學裡曾經主修宗教比較，如今投身於此，因爲她覺得佛法提供的層面十分完全。蘇珊的幾句話提醒了我。生活、學習，修心養性……，許多事情其實都不能以量計。正如一位上師給予的是生命。教化的是沉默未說的部份。閉關的收穫並不僅只於教義的傳達，更在於這種生活帶來的整體覺悟。閉關幾天，經歷了初時的逃亡情緒，發現人類的心境之不可靠，整個人完全踏實了下來。一天早晨醒來，忽然想到仁波切的一句話，他曾經說過：「一種福佑的感覺，其實也是不恆常的。」

是的，即使我們感覺到一種喜樂的境界，它也是不能執著的。如同我們感受到一種不愉悅的感受，它也會隨著心境轉變。而人的心境是多麼不可靠啊！短短的幾天閉關，我竟然可以從一種不耐煩到想要離去的情緒，轉變爲不但樂意留下，而且獲益匪淺。這更提醒了我，將來不論身處什麼環境，心中經驗到任何不同的情緒，首要之事，就是冷靜的、如同看第三者一般的去「觀」自己心內上下不停不實的波動，切不要因自己身在廬山之中，而不識廬山眞面目。

後記——逼

為了出版這本散文集，我一連被瀛舟出版社「逼」了兩次。出版社不願讓讀者買一本份量不夠的書籍，希望我能夠至少提供十萬字的散文集。於是我從六萬多字的稿件被逼出額外的兩萬字，然後出版社又逼我一次，叫我再吐出至少一萬到一萬五千字。說「逼」其實是嚴重了一點，他們只是建議，而我很快的就「從善如流」了。卻引起了一陣寫作的反思。

許多時候，不感覺有什麼東西是非寫不可的，沒有那種非寫不可的「緊迫」感覺，即使有一些思緒，就讓它們像飛絮或是白雲一般的飄走了。好像是可說，也可以不必說，又何必非說不可呢。有些作家寫東西很有規律，每天必定坐在那裡寫上幾千幾百個字，我一直不是這種寫作的人。我是一個被感覺逼迫的人，不是一個被規律操縱的人。沒有感覺的時候，不覺得自己非說不可的時候，我都是不會去寫的。所以，當生命裡的感覺很緊迫的時候，就是我創作最豐沛的時候，甚至是到了非寫不行的地步，因為將它寫出來已經變成了一種「治療」。而生命裡沒有什麼特殊的情境需要我發抒時，我常覺得自己與寫作的行業也沒有什麼干係了。這究竟是好還是不好。不去捕捉一些思緒努力發揮，文字故事感觸情懷思想意念也就消逝了。然而如果過度刻意的去捕捉描寫，凡事都要大書特書或是一寫再寫，是否會變成一本流水賬，而作家也變成作匠了。

不論如何，這種善意的「逼」確實也有效。雖然感覺沒什麼話非說不可，一旦抬起頭來，望著腦海裡飄來游去的雲彩，便將它們一片片的兜到思緒的口袋裡，編織一番。

孔子懂得「因材施教」的道理，像我這種太隨性的作者，如果遇見他老人家，不知是否會告訴我：「葉XX，不管你有感覺還是沒有感覺，每天一定都給我好好坐在那裡，寫上個二、三千字！」？

側記

——民生報記者 徐開塵

有人懵懂一生，有人以探索生命的意義和人生的價值爲樂。旅美作家葉文可屬於後者，享受探索之旅的樂趣，也在其中看見自己的成長。

從小，葉文可就是一個喜歡思考的孩子，想人生、想未來、想很多問題。在思考的同時，她也藉著閱讀、上課來幫助自己尋找答案。回歸人的本質，探觸自己的內在世界，就像透過顯微鏡檢視生物的細胞，一切無所遁形，卻沒有害怕，而是滿心欣喜。

旅美十多年，自從決定專事寫作後，她就隨著自己的興趣和心情去做，沒有驚人的計畫，不給自己太多壓力，翻譯、創作雙線並進，樂在其中。多年來出版了「菩提樹下」、「火蓮」和「夏日的禪味」等多部小說、散文著作，也翻譯過「人生中不可不想的事」、「少年耶喜喇嘛」、「法輪常轉」等書。

返台探望父母，也爲榮獲中央日報小說評審獎的作品「風景」即將出版而親自作校對工作，同時想著明年的寫作計畫，葉文可從容應付生活中的事。她說，寫作、翻譯都是跟著心靈的感覺走，她不時還會把自己抽離出來，讓生活「留白」，「就像不同的音符、旋律交織出生命的樂章」。

她表示，人生有不同階段，每個階段對週遭人、事、物的感覺都在蛻變，想得愈多，體悟愈深刻，不時的反觀自省才可找到問題的根源，了解自己想要什麼。這樣的自我靈修課程，她稱之爲「心靈的鎭靜劑」，是最健康，最沒有副作用的鎭靜劑。

葉文可把持這種心態生活，創作之路也平順、愉悅。她只想寫令她感動的題材，即使是翻譯外國著作，也要書的內容能感動她才能下筆。葉文可說，誠實面對自己的生活和寫作一樣重要。

234

台北縣永和市自由街51號9樓之3

瀛舟出版社 收

請貼郵票

通訊處：　市/縣　鄉鎮/市區　路(街)　段　巷　弄　號　樓

請用阿拉伯數字書寫郵遞區號

寄件人：

(請沿虛線剪下)

瀛舟叢書讀者服務卡

謝謝您購買這本書，爲了提供更好的服務，敬請詳填本卡各欄後，寄回給我們 (請貼郵票)，您就成爲本社貴賓讀者，將不定期收到本社出版品、各項講座及讀者活動等最新消息。

您購買的書名：________________________________

購買書店：______ 市 / 縣 ____________ 書店

姓名：__________ 年齡：________ 歲

性　　別：☐ 男 ☐ 女　　　婚姻狀況：☐ 已婚 ☐ 單身

通信處：________________________________

電話：________ 傳真：________ Email：____________

職　　業：
☐ 製造業　☐ 資訊業　☐ 大眾傳播　☐ 公
☐ 服務業　☐ 自由業　☐ 農漁牧業　☐ 教
☐ 金融業　☐ 學生　☐ 軍警　☐ 其他

教育程度：☐ 高中以下　☐ 大專　☐ 研究所

您習慣以何種方式購書？
☐ 逛書店　☐ 劃撥郵購　☐ 電話訂購
☐ 傳真訂購　☐ 團體訂購　☐ 銷售人員推薦
☐ 其他 ________

您從何處得知本書消息？
☐ 逛書店　☐ 報紙廣告　☐ 廣播節目　☐ 書評
☐ 親友介紹　☐ 電視節目　☐ 其他 ____________

建議：

（請沿虛線剪下）

瀛舟出版社

電話：(02) 29291317　傳真：(02) 29291755

e-mail: publisher_supreme@altavista.net

名家叢書

另一種感覺

Yet Another Feeling

作　　者 / 葉文可
總 編 輯 / 趙鍾玉
美術編輯 / 阮文宜
法律顧問 / 趙飛飛 律師
發　　行 / 瀛舟出版社 (Enlighten Noah Publishing)
社　　址 / 3521 Ryder Street, Santa Clara, California 95051, USA.
電　　話 / 1-408-738-0468
傳　　眞 / 1-408-738-0668
電子郵件 / info@enpublishing.com
網　　址 / www.enpublishing.com
國際書碼 / ISBN 1-929400-18-7
台北辦事處 / 台北縣永和市自由街 51 號 9 樓 之 3
電　　話 / (02) 2929-1317
傳　　眞 / (02) 2929-1755
總 經 銷 / 時報文化出版企業有限公司
地　　址 / 台北縣中和市連城路 134 巷 16 號 5 樓
電　　話 / (02) 2244-5190
定　　價 / NTD 210
初　　版 / 2001 年 5 月